A Décima Cidade
A Terra de Elyon • Volume 3

PATRICK CARMAN

A DÉCIMA CIDADE
A TERRA DE ELYON • VOLUME 3

Tradução de
EDMO SUASSUNA

Rio de Janeiro | 2009

CIP-Brasil. Catalogação-na-fonte
Sindicato Nacional dos Editores de Livros, RJ.

C283d Carman, Patrick
A décima cidade / Patrick Carman; tradução de Edmo Suassuna. – Rio de Janeiro: Galera Record, 2009.
(A Terra de Elyon; 3)

Tradução de: The tenth city
ISBN 978-85-01-07851-3

1. Romance americano. I. Suassuna, Edmo. II. Título. III. Série.

08-4652
CDD – 813
CDU – 821.111(73)-3

Título original em inglês:
THE TENTH CITY – THE LAND OF ELYON

Copyright © 2006 by Patrick Carman
Publicado mediante acordo com Scholastic Inc., 557, Broadway, New York, NY 10012, USA.

Todos os direitos reservados. Proibida a reprodução, no todo ou em parte, através de quaisquer meios. Os direitos morais do autor foram assegurados.

Direitos exclusivos de publicação em língua portuguesa somente para o Brasil adquiridos pela
EDITORA RECORD LTDA.
Rua Argentina 171 – Rio de Janeiro, RJ – 20921-380 – Tel.: 2585-2000
que se reserva a propriedade literária desta tradução

Impresso no Brasil

ISBN 978-85-01-07851-3

PEDIDOS PELO REEMBOLSO POSTAL
Caixa Postal 23.052
Rio de Janeiro, RJ – 20922-970

EDITORA AFILIADA

Para Reece

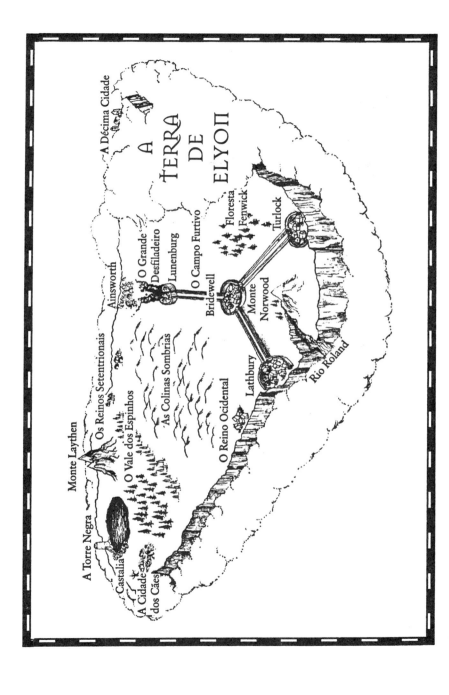

A vida só pode ser compreendida para trás; mas ela tem que ser vivida adiante.

S. A. KIERKEGAARD

UMA INTRODUÇÃO À DÉCIMA CIDADE

Há algumas observações que eu gostaria de fazer antes de prosseguir com o restante da história. Juntos, nós visitamos diversos lugares e conhecemos muitos personagens, e eu odiaria que os leitores ficassem confusos com os eventos que se seguirão. Então aqui estão pequenos lembretes que irão ajudá-los a manter a cabeça em ordem ao seguirmos nosso caminho em direção à Décima Cidade.

A Décima Cidade se inicia apenas algumas horas após o final de *Além do Vale dos Espinhos*, quando Alexa e a maioria dos seus amigos escapam da Torre Negra. Eu digo *maioria* porque Yipes foi levado pelo maléfico Victor Grindall e seus ogros para Bridewell, a última cidade murada da Terra de Elyon, onde ele está aprisionado sem muitas esperanças de um resgate.

Enquanto isso, Alexa está à deriva no Mar Solitário a bordo do *Farol de Warwick*, um barco capitaneado por Roland Warvold, o irmão de Thomas. Junto com Alexa, Roland e Thomas estão Odessa, a loba, Murphy, o esquilo, Squire, a falcão, a mulher de Thomas, Catherine Warvold (também conhecida como Renny), Armon, o gigante, e Balmoral, o líder da rebelião em Castalia, que pegou uma carona na viagem a pedido de Thomas.

E o que aconteceu com o pai de Alexa, Pervis Kotcher, com Nicolas, filho de Thomas Warvold, e com os outros? Nós os veremos novamente antes do fim dessa história. Enquanto nossa aventura começa novamente, a noite cai no mar aberto, e nossa querida Alexa Daley está a ponto de acordar para um mundo que ela nunca viu antes, um mundo cercado de água e penhascos.

Agora venha comigo, e embarque nesta jornada pelo Mar Solitário, em busca da Décima Cidade.

— Patrick Carman
Walla Walla, abril de 2005

PARTE I

CAPÍTULO I

AS TREVAS CAEM SOBRE O MAR SOLITÁRIO

— Avançamos numa velocidade boa hoje. Não me lembro de já ter percorrido tantos quilômetros tão rapidamente — disse uma voz na escuridão.

— Aparentemente os ventos no Mar Solitário estão nos ajudando, mas a pergunta que não quer calar é: quem controla esses ventos, e para onde eles estão nos levando? Eu acordava de um longo sono sobre o convés do *Farol de Warwick* quando ouvi essa voz, e parecia que eu tinha acordado num mundo completamente sem luz. A noite tinha caído sobre o Mar Solitário; nem mesmo o cintilar de uma única estrela seria capaz de atravessar a grossa camada de névoa que ficava acima de nós e ao nosso redor.

— Você acha que ela tem alguma coisa a ver com todo esse vento atrás de nós?

— Diria que tem tudo a ver. A névoa e a última pedra estão interligadas de uma forma que nem eu posso entender. Ela é o que devemos proteger... Mesmo à custa de todos os outros.

As vozes vinham da proa da embarcação, a uns seis metros de distância. Escutar as palavras deles à deriva na noite fez com que me sentisse uma espiã nas salas secretas do Alojamento Renny, lá em Bridewell. Eu amava a forma como as palavras flutuavam escadaria acima no alojamento, ecoando enquanto eu tentava decifrar seu significado.

— Estaremos em Lathbury ao amanhecer. Isso é realmente muito rápido.

Tanto Warvold quanto o seu irmão, Roland, estavam fumando cachimbos. Eu podia ver o arder das brasas brilhando perto dos rostos deles, o contorno distinto de seus perfis contra o fundo negro da noite. Catherine (a quem eu costumava chamar de Renny) estava dormindo na cabine abaixo enquanto Odessa e Balmoral velavam seu sono. Armon, o gigante, e Murphy estavam junto comigo em algum lugar do convés, mas eu não conseguia ver onde. Deitada sozinha e assustada, desejava ver algo mais que as sombras dos dois homens com seus cachimbos. Silenciosamente, abri a bolsinha de couro pendurada em meu pescoço e tirei a última Jocasta de dentro dela. O brilho laranja era tão forte que parecia ter incendiado o ar à nossa volta. Eu nunca a vira tão incandescente, com uma luminosidade tão intensa e flamejante, invadindo todos os cantos sombrios. Protegi meus olhos e, ao olhar em volta, vi Armon se sentando, olhando para o ar enquanto a névoa sobre nós se iluminava pelo poder da Jocasta.

— Guarde-a! — gritou Warvold. — Guarde-a, rápido!

Tateei desajeitada a bolsinha de couro e coloquei a Jocasta de volta ali dentro, e em seguida puxei os cordões da bolsa para fechá-la. A luz desapareceu tão rapidamente quanto surgira. A noite caiu novamente sobre o convés do navio enquanto Warvold e Roland vieram rapidamente até mim e se ajoelharam ao meu lado.

— Você não deve fazer isso nunca mais, Alexa! — Warvold me avisou. — Não à noite, enquanto estivermos no Mar Solitário. — Ele pôs a mão no meu ombro. — Com a cobertura das nuvens, este lugar é absurdamente escuro à noite. A luz da Jocasta pode ser vista refulgindo por cima da névoa na Terra de Elyon.

Warvold olhou para cima e, mesmo que eu mal pudesse ver seu rosto na luz das brasas do cachimbo, pude perceber que ele estava preocupado.

— Você pode ter certeza de que há quem esteja procurando por essa luz, incluindo os morcegos — o enxame negro —, e talvez até o próprio Victor Grindall.

Roland riscou um fósforo e acendeu um pequeno lampião que ficava pendurado numa corda esfarrapada na lateral do convés.

— Um pouco de luz não é problema — Roland afirmou. — Mas isso que você tem aí... Eu nunca vi nada assim em toda a minha vida. Se alguém estivesse vigiando lá de cima, certamente veria a névoa assumir um tom alaranjado.

— *Quietos* — sussurrou Warvold.

Ele colocou a mão no cachimbo e bafejou a fumaça lentamente. Naquele momento, só o que pude ouvir era o ranger do velho navio sobre o mar, com o vento soprando constantemente nas velas. Havia algo mais, porém — algo distante mas que estava se aproximando. Um som estranho.

— Apague a luz — Warvold disse a Roland. — E guarde o cachimbo.

A escuridão fica ainda maior quando você apaga o único lampião na noite, quando os seus olhos ainda esperam por luz, mas não há mais nenhuma. É uma escuridão completa que aguça todos seus outros sentidos, e naquele breu eu pude subitamente ouvir o que Warvold tinha escutado.

O som de mil morcegos berrando ao vento, com as asas coriáceas batendo num ritmo inconstante e ensurdecedor ao se aproximarem.

— Armon! — gritei. — Onde está você? Vá para o convés inferior! — Eu sabia por quem os morcegos procuravam.

Ouvi o som de passos no convés, mas não pude ver o que estava acontecendo ao meu redor.

— Segure minha mão, Alexa — sussurrou Warvold perto do meu rosto. Eu podia sentir o cheiro doce do tabaco em sua barba. Nós escutamos o som do enxame negro se aproximar cada vez mais através do vento. Warvold me guiou pelo convés até que um alçapão se abriu no chão e um feixe fraco de luz escapou para a noite.

"Agora, desça — disse Warvold, segurando a porta enquanto me chamava para dentro. Observei Murphy correndo por entre as pernas de Roland e descendo as escadas.

— Armon primeiro — falei. — Não podemos correr o risco de ele ser encontrado.

— Ele não caberá lá embaixo, Alexa — respondeu Warvold. — É grande demais. Agora já para dentro; não há tempo a perder.

Ele me empurrou para dentro do barco até que estávamos a salvo no compartimento. O alçapão se fechou e foi trancado atrás de mim na hora certa. O enxame negro já estava sobre o navio. Os morcegos atacavam o convés, batendo as cabeças e as asas com suas pequenas garras negras. Era um barulho alto e horrível, e tudo que eu podia pensar era que Armon estava no convés, escondido num canto, tentando não ser encontrado. Sabia que ele lutaria com valentia, mas no fim os morcegos acabariam sobrepujando-o e aquele seria o fim da raça dos Serafins, do último dos gigantes. Ele se transformaria num ogro, e só os ogros restariam.

A barulheira no convés diminuiu até parar completamente, mas ainda era possível ouvir os morcegos voando em bando ao redor do navio. Então houve um novo ruído, de algo sendo rasgado. Murphy pulou pela cabine mal iluminada e aterrissou no meu colo, tremendo descontroladamente. Balmoral e Odessa instintivamente moveram-se para proteger Catherine, que tinha acordado, desorientada e frágil.

— Eles estão atacando as velas — revelou Roland. — Ainda bem que as velas maiores não estão içadas. Nós não precisávamos delas com todo esse vento às nossas costas.

A destruição das velas continuou por algum tempo, e então o bando circundou o barco mais uma vez antes de sair voando. O som das asas já tinha virado um sussurro suave quando Warvold voltou a falar.

— O fato de os morcegos terem um cérebro de ervilha é algo que está a nosso favor. Eles pensam apenas em encontrar Armon e nada mais. Ou eles o descobriram e fizeram seu trabalho terrível, ou foram procurá-lo em outro lugar. — Então Warvold ficou quieto, e todos nós ficamos ouvindo o ranger da velha embarcação, o som das velas rasgadas agitadas pelo vento e o último morcego sumindo ao longe.

Murphy pulou dos meus braços e correu até o alto dos degraus, arranhando o topo do alçapão para sair. Foi então que todos ouvimos a mesma coisa, algo que despertou um turbilhão de emoções. Era o som de passos gigantes pisando no convés, andando até o alçapão. Seria Armon ainda, ou os morcegos o teriam encontrado e transformado numa besta que arrancaria a porta das dobradiças a qualquer momento?

Murphy correu de volta escada abaixo e saltou nos meus braços. Houve uma batida no alçapão, e eu choraminguei ao ouvi-la.

— Devo destrancar? — indagou Roland.

— Acho que seria melhor — respondeu Warvold. — Se ele se virou contra nós, ele arrombará a porta de qualquer maneira. Não temos muitas esperanças se tivermos um ogro à solta no navio.

Roland subiu a escada e soltou a tranca, correndo para baixo em seguida e ficando ao lado de Warvold. Odessa grunhiu, pronta para nos defender. A porta se abriu rangendo, e tudo que pudemos ver era escuridão. Mas uma coisa era certa: o que quer que estivesse de pé lá fora estava deixando pingar algo na cabine, e o meu coração bateu apertado quando pensei que pudesse ser sangue, escorrendo das feridas no corpo de Armon.

CAPÍTULO 2

UMA VOZ NO VENTO

A figura que nos encarava através da abertura do alçapão era extremamente escura contra o céu noturno. Era enorme e estava imóvel, completamente silenciosa a não ser pela água que caía nas escadas que levavam à cabine do *Farol de Warwick*.

— Eles se foram — Armon informou. — Podem ficar despreocupados.

Ele estava de joelhos, enfiando a cabeça enorme pela abertura para que pudéssemos vê-lo. Seu cabelo molhado pingava água salgada na escada, mas ele estava sorrindo e ainda era o gigante que todos nós conhecíamos.

Corri escada acima e abracei seu pescoço grande e molhado. Armon me ergueu pelo alçapão ao se levantar, e subitamente eu estava bem alto no ar noturno, me sentindo livre e feliz, com o vento soprando os longos cabelos molhados de Armon contra o meu rosto.

— Você pulou do navio? — indaguei.

— Eu não ia conseguir passar por aquela porta — respondeu ele. — Então me esgueirei na escuridão para fora do barco e deslizei para a água. Em seguida, nadei para longe, no mar.

— Por que eu não pensei nisso antes? — comentei.

Preocupada com um retorno súbito dos morcegos, me reuni aos outros lá embaixo. Armon deitou-se no convés e colocou a cabeça através da abertura. De vez em quando, ele desaparecia, engolido pelas trevas do lado de fora, procurando por sinais ou sons de voadores intrusos. A única companheira dele no convés era Squire. Ela voara para longe quando o enxame negro apareceu, mas estava de volta agora, esvoaçando as asas aqui e ali nas bordas do barco.

Um lampião, regulado para uma luz baixa, estava no chão entre nós. Era bem tarde, talvez meia-noite, mas todos se encontravam bem acordados e atentos a qualquer barulho. O ranger do velho barco nas ondas era um ruído constante, mas eu não me incomodava. De sua própria maneira, era tranqüilizador.

— Eu terei que cuidar daquelas velas o quanto antes — comentou Roland. — Podemos acabar nos chocando contra os penhascos se formos levados para perto demais pelas ondas durante a noite.

— Os morcegos se foram — anunciou Armon. — Se eles voltarem, eu posso ir para a água novamente e vocês podem descer.

Isso era o suficiente para Roland. Acompanhado de Balmoral, Armon e de um lampião, ele foi consertar as velas. O resto de nós ficou sentado silenciosamente por um momento, ouvindo-os trabalhar, e na luz suave da cabine escutei uma voz familiar nas correntes de ar. O que ela disse me assustou, e eu permaneci sentada na cabine me perguntando se deveria compartilhar aquilo com os outros.

— Warvold? — chamei. Ele apenas assentiu com a cabeça e olhou para mim enquanto Odessa e Catherine permaneciam em silêncio. — Você sabia que a última Jocasta me permite ouvir a voz de Elyon? — olhei para Murphy, que estava sentado no meu colo, e prossegui. — Não sempre, mas de vez em quando. É um som muito estranho, como se fosse um sussurro no vento.

— Eu sei sobre a lenda, e já me perguntei se isso era verdade — Warvold respondeu. Depois de alguma hesitação ele acrescentou: — Você precisa ouvir cuidadosamente o que essa voz lhe disser.

Esperei mais um momento, com medo de dizer o que eu pensei ter ouvido.

— Você acha que tudo que eu ouço nessa voz ao vento é dito por Elyon, ou seria possível que Abaddon tenha encontrado uma forma de falar comigo também?

Catherine ainda estava muito fraca, mas ela pegou minha mão e a segurou, apesar de não dizer nada.

— Se tudo for como as lendas disseram que era para ser, a voz é somente de Elyon — Warvold me disse. Ele estava sentado ao lado de Catherine, e afastou uma mecha de cabelo do rosto dela. A mente dele parecia estar perdida em pensamentos. — Há algo que você queria me dizer, algo que você tenha ouvido? — ele me perguntou.

Eu olhei para Catherine, tão fraca e cansada, e desejei que ela fosse se deitar e voltasse a dormir.

— Sim — admiti. — Acabei de ouvir algo que eu tenho medo de dizer.

Antes que eu pudesse dar maiores explicações, Roland veio em disparada escada abaixo, com Balmoral logo atrás dele.

— Eu baixei as velas rasgadas e icei a maior — Roland disse. — Conheço bem estas águas e posso nos guiar em meio às trevas. Devemos estar nos aproximando de Lathbury com o nascer do sol.

— Isso é ótimo, Roland, mas espere um momento — Warvold respondeu. — Alexa, você tem algo a nos dizer?

— Eu tenho — respondi, e em seguida apertei a mão de Catherine um pouco mais forte e disse o que eu tinha escutado no vento.

— A voz que eu ouvi disse que não poderíamos ficar todos em Lathbury.

— Por que não? — Odessa perguntou. Era a primeira coisa que ela dizia em um longo período. Por causa da Jocasta, eu era a única humana capaz de entendê-la.

— Podemos deixar Catherine aqui — continuei. — Mas o resto de nós terá que seguir em frente.

Warvold contemplou essa notícia enquanto reacendia o cachimbo, cuja visão pareceu interessar Roland e Balmoral. Ambos se sentaram nos degraus que levavam até a cabine e puxaram os próprios cachimbos, preparando-os enquanto Warvold permanecia sentado, pensativo.

Eu sabia, pelas conversas com Warvold, que haveria uma corda nos esperando em Lathbury, descendo pelo penhasco até quase chegar à água. Ela estava pendurada lá há muito tempo, mas Warvold não nos diria quem a havia colocado lá. Até onde nós sabíamos, aquele era o único jeito de escapar do Mar Solitário — pelo menos de acordo com Warvold.

— Ainda há mais — falei.

— Achei que haveria — Warvold comentou. Ele brincou com o cachimbo e soprou fumaça sobre a própria cabeça.

Murphy estava sentado por perto, com a cauda se remexendo violentamente. Ele falou de forma rápida e decidida:

— Essa voz no vento disse alguma coisa sobre encontrar nozes ou gostosuras escondidas em algum lugar deste velho barco?

Eu sorri e acariciei sua cabeça antes de continuar.

— Temos apenas cinco dias para levar a pedra até Grindall ou jamais veremos Yipes vivo novamente. Temos que resgatar Yipes, e eu pensei em deixar Catherine em Lathbury e seguir direto até Bridewell para encontrá-lo. Mas parece que agora temos que ir a um outro lugar. Há algo que Elyon quer que a gente veja, algo além de Turlock, na porção de terra mais distante da Torre Negra.

Roland parou de fumar o cachimbo e ficou sentado, emudecido pelas notícias. Por um instante, ele pareceu inseguro do que dizer. Ele estava ou incrivelmente empolgado ou terrivelmente apavorado; eu não poderia saber pela expressão em seu rosto.

— Alexa, você tem certeza de que ouviu isso? Você não poderia ter escutado mal? — o marinheiro me perguntou.

Eu disse a ele que tinha certeza. Eu sabia o que eu tinha ouvido. Não havia erro algum.

— Há algo que você precisa saber então — Roland continuou. Ele botou o cachimbo de volta no canto da boca e soltou três baforadas rápidas. — Já faz muitos anos que eu navego pelo Mar Solitário, explorando lugares distantes com segredos e mistérios difíceis de imaginar. Mas há um lugar aonde eu nunca fui. O lugar do qual você falou, além de Turlock, no lado mais distante da Terra de Elyon, é impossível de se alcançar com este navio.

Roland olhou para baixo, para a cabine, do degrau onde estava sentado, e pensou por um momento antes de falar novamente.

— Há ventos ferozes e que não morrem jamais naquela região; eles empurram tudo contra os penhascos. Assim que virarmos o cabo de Turlock, o *Farol de Warwick* será feito em pedaços contra as rochas.

Roland prosseguiu, explicando que o lugar que eu tinha mencionado era tão perigoso que ele não tinha nem considerado ir até lá antes. Ele tentara se aproximar apenas uma vez, a quilômetros da costa. Os ventos tinham sido tão fortes que o barco quase virou antes de ele conseguir se desviar, indo parar lá pelas bandas de Ainsworth.

— Ainda assim — concluiu Roland. — Seria uma aventura e tanto. — Um sorriso se formou no rosto dele, e seus olhos ficaram pensativos e distantes.

Warvold olhou para Catherine, cujos olhos mal se mantinham abertos e a pele estava pálida como giz.

— Você tem *certeza*, Alexa? — ele indagou.

Eu assenti, convencida do que tinha ouvido. Pude perceber que ele estava perturbado com a idéia de sair do lado de Catherine novamente.

— Vamos precisar tirar Catherine do barco e levá-la para algum lugar onde ela possa recuperar suas forças — ele decidiu. — Essa jornada será demais para ela.

Warvold olhou para o irmão e perguntou:

— Você pode fazer uma parada em Lathbury, como planejado, antes de nos atirarmos além do cabo em direção aos penhascos?

— Posso — respondeu Roland, enquanto saía feliz fumando o cachimbo. O aventureiro que havia dentro dele já estava pensando nos perigos desconhecidos que nos esperavam.

Todos ficamos sentados então, imaginando o que faríamos. Eu estava preocupada com Yipes, mas também estava com medo de virar o cabo de Turlock. Parecia que o Mar Solitário era raivoso naquela região... e eu não conseguia ver como poderíamos superar os penhascos pontiagudos que nos esperavam.

CAPÍTULO 3

A TEMPESTADE

Quando o sol nasceu eu pude perceber a luz surgindo por entre a névoa acima. Isso fez com que eu me sentisse muito melhor enquanto perambulávamos no convés esperando que Roland nos dissesse onde estávamos. Warvold tinha ficado particularmente quieto a manhã inteira, se preparando para deixar Catherine para trás mais uma vez.

No que chegamos à base das falésias de Lathbury, Roland aproximou o navio dos penhascos, mas não o bastante a ponto de corrermos o risco de nos chocar contra as rochas. Roland tinha um pequeno bote para duas pessoas, o qual ele içou sobre o mar com cordas e varas. Quando o bote estava completamente sobre as águas, ele deixou as cordas correrem até que o pequeno barco subia e descia suavemente com as ondas. O mar estava calmo, com um silêncio agourento que precedia as tempestades que nos esperavam para além de Turlock.

Warvold estava sentado sozinho com Catherine e eles murmuravam entre si coisas que eu não conseguia ouvir. Eu não tirava os olhos deles um só minuto, e fiquei surpresa ao perceber que eles olharam para mim mais de uma vez enquanto conversavam. Havia algo de especial naqueles dois, eu me sentia ligada a eles de um jeito que não conseguia explicar muito bem. Vê-los juntos me fez sentir triste por eles estarem se separando mais uma vez tão cedo.

Por fim, os dois caminharam lentamente até o resto de nós. Catherine me deu um abraço, apertando meus ossinhos com força.

— Você tome cuidado agora, viu? — ela disse. Então me soltou e olhou fundo nos meus olhos. — Eu estarei esperando por vocês em Lathbury.

Eu estava louca para voltar para casa, para ver não só Catherine mas também meu pai e minha mãe. Aquela fora uma longa jornada, mas ao observar Catherine descendo cuidadosamente para o bote, eu tive certeza de que o trecho mais perigoso ainda estava por vir. Eu me perguntei se a veria novamente.

Warvold desceu até o barco com ela e remou por uma pequena distância até chegar aos penhascos, onde todos podíamos ver uma bandeira vermelha pendendo de uma corda junto às pedras. A corda era bem grossa e tinha inclusive um assento de couro pendurado na ponta. Quem quer que a tivesse colocado ali tinha a intenção de puxar pessoas até o topo dos penhascos. Eu estava terrivelmente curiosa quanto à identidade desse indivíduo misterioso.

Warvold colocou Catherine no assento, deu um beijo nela e então puxou a corda com força três vezes. Houve uma longa pausa, e então todos assistimos a corda bruscamente ganhar vida quando Catherine foi puxada penhasco acima, bem alto no ar, até que ela desapareceu na névoa. Quando eu olhei novamente para Warvold, ele já estava na metade do caminho de volta até o navio. Squire pousou na proa do bote, fazendo companhia a Warvold no Mar Solitário.

— Isso não deve ter sido nada fácil — comentou Murphy, sentado no meu ombro. — Me faz pensar em Yipes, completamente sozinho com aqueles ogros horríveis. Espero que esteja tudo bem com ele.

Eu me senti péssima pelo fato de não podermos subir todos por aquela corda, juntos, e fazer planos para nos esgueirarmos até Bridewell e resgatar nosso amigo. Eu estava presa à idéia de que Elyon tinha nos mandado por outro caminho, para um lugar ao qual Roland nem ao menos achava que poderíamos sobreviver.

Uma vez que Warvold estava de volta a bordo, Roland içou as velas intactas e a manhã passou rapidamente. Nós nos aproximamos de Turlock, que logo ultrapassamos, e os ventos não estavam tão fortes como Roland lembrara.

— Será possível que os ventos finalmente tenham se cansado de soprar constantemente? — ele indagou.

Mal essas palavras deixaram seus lábios, os ventos ficaram mais violentos, e as ondas começaram a se chocar contra o navio, empurrando-o em direção às rochas. A chuva desabou do céu como eu jamais vira antes. Era como se o céu sobre nossas cabeças tivesse esperado a nossa chegada, acumulando cada vez mais água, mês após mês, apenas para jogá-la toda de uma vez sobre o *Farol de Warwick*.

Ouvimos um barulho, então, um rugido vindo do leste, e todos nos viramos para ver o que poderia ser. Através da chuva torrencial, pudemos ver o vento vindo direto. Conseguíamos vê-lo ao longe, levantando o mar em grandes ondas. A tempestade não se esgueirou até o barco feito um gato perseguindo um rato. Ela saltou sobre nossas cabeças de repente e de uma só vez, e nós começamos a oscilar sobre as ondas em direção aos penhascos.

Mal tínhamos virado o cabo de Turlock, e já encontrávamos um obstáculo. Ali não havia lugar para nós a não ser as pedras e o fundo do mar. Tínhamos nos aventurado a entrar num lugar no qual não deveríamos.

— Precisamos dar meia-volta! — Roland gritou. — Ainda há tempo de dar a volta e escapar da tempestade!

Foi então que uma onda gigantesca passou sobre o barco, e todos fomos obrigados a segurar em alguma coisa. Quando a onda passou, pude ver Warvold avançando rapidamente em minha direção.

— Vá para baixo com Murphy e Odessa! — ele berrou. — Vamos dar meia-volta e tentar sair daqui!

Fiz o que ele mandou e comecei a atravessar o convés o mais rápido que pude, me segurando no corrimão enquanto avançava. Olhei para o mar revolto a tempo de ver outra onda prestes a atingir o navio, esta ainda maior que todas as outras. Eu me segurei o mais forte que consegui, mas não adiantou. Fluí livremente com a onda, para o Mar Solitário.

Fazia um silêncio estranho debaixo d'água, como se eu estivesse em casa, segurando um travesseiro sobre os ouvidos durante um temporal. Era algo quase sereno, comparado à tempestade furiosa que acontecia acima. O som da chuva atingindo o oceano me fez sentir como se estivesse debaixo de um enorme cobertor, com mil pequenas pedrinhas quicando contra a superfície.

Não deixe que eles dêem meia-volta.

No silêncio das águas eu ouvi essas sete palavras e compreendi o que poderia haver por detrás delas. Como Elyon poderia querer que fôssemos esmigalhados contra as rochas ou revirados de toda maneira no Mar Solitário? Eu senti um impacto contra as minhas costas, e achei que tinha ido parar nos rochedos.

Para a minha surpresa, fui erguida para fora da água, em direção à fúria da tempestade, e então pousei no convés do *Farol de Warwick*.

— Você está bem? — Armon perguntou gritando, tentando superar o barulho dos ventos uivantes. Ele me tirou do mar com suas mãos gigantes.

— Estou! — gritei de volta, enxugando o rosto e os olhos com as mãos. — Onde estão os outros?

Armon apontou para a proa do barco, onde os três homens — Warvold, Balmoral e Roland — estavam tentando virar a roda do leme e colocar o barco de volta na direção de Turlock.

Eu corri pelo convés escorregadio enquanto outras ondas cobriam o navio.

— Não façam isso! Continuem avançando rumo à tempestade! — berrei.

— Você enlouqueceu? — Roland gritou em resposta.

— Não vamos conseguir, Alexa. Se não voltarmos agora, seremos atirados nos rochedos.

Warvold engatinhou no convés, sobre as mãos e joelhos, até se encontrar comigo, com a chuva escorrendo pelo rosto. Ele segurou meus ombros.

— Você tem certeza, Alexa?

Eu olhei para ele quase implorando e assenti, mesmo que não pudesse ter a certeza de que ele fosse confiar em mim.

— Mantenha o curso! — Warvold berrou. — Mantenha o barco num curso paralelo aos penhascos e segure a direção!

Roland e Balmoral pareceram estupefatos, e eu me perguntei se eles iam nos jogar no convés inferior e dar meia-volta de qualquer jeito. Armon se uniu aos homens e pôs fim a qualquer pensamento desse tipo que pudesse ter passado pelas cabeças deles. Ele tomou o timão nas mãos poderosas e o girou algumas vezes, nos colocando num curso perfeitamente paralelo aos penhascos, seguindo para longe de Turlock.

Eu engatinhei até a roda do leme e Armon pôs uma das mãos em volta da minha cintura e me ergueu até o lado dele, determinado a não deixar que eu fosse levada pelas ondas novamente. Então todos nós nos seguramos firme e rezamos para que as ondas não nos empurrassem contra os penhascos, pondo fim a nossa aventura.

Estávamos a 30 metros das rochas e nos aproximávamos rápido. Não levaria muito tempo para que o *Farol de Warwick* se arrebentasse nos penhascos. Eu comecei a pensar em todas as coisas que tínhamos conseguido para agora nos encontrarmos presos numa tempestade da qual não poderíamos escapar. Estávamos absolutamente indefesos contra sua fúria. Eu olhei para Armon, e ele sorriu para mim, com gotas d'água escorrendo ao redor dos olhos e do grande nariz, e então eu me lembrei de como tinha me sentido da mesma maneira quando estávamos sem opção de fuga nas Colinas Sombrias, enquanto os ogros avançavam para nos pegar. Armon tinha aparecido como se tivesse surgido do nada, e nós fomos salvos. Por mais impossível que pudesse parecer, eu tinha que acreditar que Elyon tinha algum plano incompreensível que protegeria o *Farol de Warwick* dos penhascos.

A tempestade pareceu alcançar seu pico, as ondas e o vento nos atacavam por todos os lados, e o barco era jogado no Mar Solitário como uma pena esvoaçando ao vento. De repente, nós estávamos girando, e eu estava perdendo completamente o senso de direção.

— Algo não está certo nisto! — Roland gritava para a tempestade. Ele estava virando a cabeça de um lado para o outro freneticamente, tentando descobrir onde estavam os penhascos dentre toda aquela chuva enquanto o navio continuava girando descontroladamente.

— A tempestade mudou, e pela primeira vez estou empolgado em dizer que ela ficou muito pior!

O Mar Solitário tinha finalmente provocado um ataque de histeria no pobre Roland. Ele estava rindo loucamente, jogando a cabeça para trás enquanto segurava no corrimão de seu navio tão amado e querido.

— Ele enlouqueceu! — Balmoral afirmou.

— Não, ele não ficou louco — Warvold contrariou.

— Ele tem razão. Os ventos estão vindo dos penhascos diretamente até nós assim como os ventos marinhos estão nos empurrando na direção deles. Estamos no centro da tempestade, onde duas forças se empurram mutuamente.

Todos nós observamos espantados à medida que o *Farol de Warwick* parou de girar e se estabilizou num curso paralelo aos penhascos, a apenas 30 metros de distância. Warvold tinha razão. Os ventos tanto de cima dos penhascos quanto do Mar Solitário, duas forças postas uma contra a outra, com nosso navio agora preso entres elas.

A tempestade não enfraqueceu. Ao contrário, ela provavelmente ficara ainda mais forte enquanto os dois lados se empurravam mútua e igualmente, nos fazendo disparar pelo miolo da tempestade.

— Todo mundo para o convés inferior! — Roland berrou. E então ele olhou para Armon. — Todo mundo menos você.

Era a única coisa a ser feita. Se ficássemos expostos à tempestade por muito tempo, um de nós certamente seria jogado ao mar. Armon me colocou sobre o convés escorregadio. Eu me encolhi junto a Balmoral e Warvold, e lentamente recuamos até o alçapão no chão que levava à cabine. Balmoral abriu a porta num gesto brusco e ela quase foi arrancada pela tempestade quando a água correu para dentro do navio. Warvold me empurrou para baixo, e eu me virei uma última vez. Através da chuva torrencial pude ver Armon de pé projetando-se acima de Roland, os dois mantendo o timão firme. Roland não perderia por nada nesse mundo aquela que seria a tempestade de sua vida.

Eu cambaleei escada abaixo, seguida por Warvold. Então Balmoral bateu o alçapão às nossas costas com um grande estrondo, e estávamos selados no compartimento junto com Odessa e Murphy.

O *Farol de Warwick* rolava para frente e para trás sobre o mar, rangendo com o impacto de cada onda dando a impressão de que o navio inteiro estava prestes a se desmantelar. Eu me perguntei para onde Squire tinha ido, se ela teria conseguido ultrapassar as nuvens e estava observando a tempestade do alto.

As horas se passaram enquanto esperávamos dentro do casco úmido, nos segurando nas vigas enquanto balançávamos para frente e para trás no ritmo forte das ondas. Eu continuei achando que a tempestade iria piorar e nós nos chocaríamos contra os penhascos a qualquer momento. Eu me perguntava se nossos amigos ainda estavam no convés, ou se já tinham sido atirados no mar furioso.

Foi um dia longo e terrível, que parecia não acabar nunca.

CAPÍTULO 4

OS PENHASCOS

— Há nove cidades que eu conheço na Terra de Elyon — começou Warvold, falando num tom mais alto do que o barulho da tempestade do lado de fora. Era difícil saber há quanto tempo estávamos no espaço sob o convés, mas com certeza já fazia muito tempo.

Eu tinha encontrado um canto para me sentar onde eu não seria jogada de um lado para o outro enquanto o barco balançava violentamente com as ondas. Murphy sentou-se no meu colo, como de costume. Ou ele estava mais assustado do que o normal, ou estava com frio, pois não parava de tremer.

— Nove cidades que eu vi com meus próprios olhos — Warvold continuou, e então desceu o tom de voz para um sussurro, pronunciando os nomes de cada uma delas num tom baixo demais para que eu pudesse ouvir, embora eu já os conhecesse. *Bridewell, Turlock, Lathbury, Lunenburg, Ainsworth, o Reino Ocidental, Castalia e os dois Reinos Setentrionais.*

— Porém, há mais uma — Warvold disse em voz alta. — Uma que eu pensava que jamais poderia ser alcançada.

Ele permaneceu sentado em silêncio e se endireitou ao ouvir o som de mais uma onda atingindo o navio.

— A Décima Cidade — ele nos disse. — Além do Campo Furtivo e através da névoa eterna, num lugar que ninguém jamais encontrou. Eu me pergunto se veremos esse lugar em breve, se este velho navio conseguir encontrar seu caminho.

Havia pouquíssima luz no convés inferior, apenas alguns feixes que entravam pelas mesmas fendas por onde penetravam as gotas d'água. Ainda assim eu podia ver o brilho nos olhos de Warvold, como se ele estivesse falando de um tesouro considerado inatingível por um longo tempo, mas que agora estava ao seu alcance.

— Eu não alimentaria tantas expectativas — Odessa comentou. — Até os animais já procuraram por esse lugar, mas nenhum deles o encontrou. É possível que ele exista apenas na nossa imaginação, colocado lá para nos lembrar de quem criou tudo isto.

Eu disse a Warvold o que a loba tinha falado, e todos nós recebemos um longo silêncio do nosso velho amigo.

— Você pode ter razão, Odessa — ele finalmente respondeu. — Mas alguma coisa me diz que, se esse lugar realmente existir, eu estou mais perto dele agora do que jamais estive. Eu já viajei por toda a Terra de Elyon e removi a maioria das pedras no meu caminho. Mas as névoas além do Campo Furtivo são impossíveis de se atravessar. De alguma forma, não importa o lado pelo qual você entra, o Campo Furtivo sempre o cuspirá de volta para fora, para ainda mais longe do lugar aonde você estava tentando chegar.

Eu me intrometi então, interessada no que Warvold estava dizendo.

— Eu li um livro uma vez que contava a história de um homem chamado Cabeza de Vaca. Ele tentou achar a Décima Cidade, mas se perdeu, como você. Por fim ele acabou desistindo.

— Eu o conheci bem — Warvold respondeu, com um leve sorriso no rosto. — Cabeza e eu chegamos a comparar nossas anotações, mas isso não deu em nada. É como se o que quer que exista além do campo de névoas esteja escondido por algum motivo que não podemos entender. Ou é isso, ou existe alguma charada que não conseguimos decifrar, e que nos mantém longe.

O mar pareceu se acalmar por um momento, e nós subimos e descemos numa onda lenta e grande. Warvold rompeu o silêncio como se ele não tivesse percebido que a tempestade tinha ficado menos violenta.

— A Décima Cidade — ele continuou. — O lugar mais secreto, um local intocado pelo homem ou pelos animais; e nós podemos estar prestes a encontrá-lo se conseguirmos conquistar a tempestade.

Assim que ele disse isso, a porta da cabine se abriu violentamente, e Roland desceu as escadas saltando dois degraus de cada vez. A luz que vinha de fora era fraca, e eu percebi imediatamente que tínhamos passado o dia inteiro na cabine e estávamos nos aproximando do fim da tarde. Mais algumas horas, e a noite retornaria.

Roland, pingando de tão encharcado e completamente sem fôlego, segurou-se na viga ao lado da escada e gritou para nós todos:

— A tempestade continua, mas ficou um pouco mais fraca. É uma coisa estranha. Fomos empurrados mais para perto dos penhascos, mas aquele vento inexplicável que vem das encostas continua nos mantendo fora do curso de colisão com as pedras. A tempestade que vem do mar parece ter diminuído e também parece menos feroz.

— Pelo barulho achamos que a chuva parou também — comentou Balmoral.

— Parou — Roland respondeu. — Você poderia assumir o leme por um tempo se eu lhe mostrar como se faz?

Balmoral se levantou prontamente, caminhando até a porta.

— Qualquer coisa seria melhor que ficar sentado aqui embaixo por mais tempo — ele reclamou. O homem tinha subido as escadas e saído da cabine antes que Roland pudesse mudar de idéia. Warvold e Odessa o seguiram, e por fim Roland desapareceu novamente em meio ao que ainda restava da tempestade no convés.

Por alguma razão permaneci onde estava. A idéia do que eu poderia ver ao sair do convés me assustava.

— Murphy? — chamei.

— Sim?

— Você promete que ficará comigo não importa o que acontecer?

Ele saltou das minhas mãos para o meu ombro, cravando as pequenas garras na minha roupa molhada.

— Eu prometo — o esquilo respondeu.

— Tudo bem, então. Fique onde você está e segure-se firme. Elyon falou comigo novamente, e não poderei fazer o que ele me pediu sem você. Estou assustada demais.

Murphy virou a cabeça e tentou me olhar nos olhos. Nós nos encaramos na cabine mal iluminada e por fim ele sorriu e trinou.

— Eu adoro estar por dentro de todas as coisas secretas, e você?

Eu apenas assenti e acariciei a cabeça dele. Em seguida me levantei, marchei escada acima e saí para a luz do dia.

A tempestade tinha se apaziguado, mas os ventos ainda sopravam dos dois lados do barco, mantendo-o firme a uns 30 metros dos penhascos. Todo mundo estava reunido ao redor do leme do capitão, onde Balmoral mantinha o *Farol de Warwick* num curso paralelo às rochas. Chamei a atenção de Armon e indiquei com um gesto que ele deveria vir falar comigo, e ele então se separou do grupo.

O gigante se abaixou sobre um dos joelhos e inclinou a enorme cabeça em minha direção.

— Armon, você precisa me ajudar com uma coisa, mas eu não sei bem se você vai querer fazê-la — expliquei.

Armon virou-se de volta para olhar para o grupo de homens reunidos com Odessa, e depois nós dois olhamos para cima e observamos o céu enquanto Squire atravessou a névoa e se manteve contra o vento. Em seguida ela fez uma curva sobre o barco e voou de volta para a névoa, para lugares que não conseguíamos ver. Eu me perguntei então se a tempestade estava ocorrendo acima da névoa também, ou se ela ficava contida abaixo, sobre o Mar Solitário. Era um pensamento estranho, imaginar um dia belo e ensolarado lá em cima enquanto uma tempestade assolava as águas logo abaixo, mas me parecia que era assim que as coisas funcionavam. Elyon e Abaddon estavam se enfrentando, a força de ambos concentrada inteiramente no *Farol de Warwick* e no tesouro que o barco continha. Não era tão difícil acreditar que as coisas lá em casa pudessem ter continuado na mesma, com os mesmos acontecimentos de sempre.

Armon voltou-se para mim como se soubesse o que eu estava a ponto de lhe pedir.

— O que você gostaria que eu fizesse? — ele indagou.

Nesse exato momento, Squire surgiu em meio ao nevoeiro novamente, entre o *Farol de Warwick* e os penhascos, planando no ar sobre o Mar Solitário.

— Você consegue nadar nessas águas? Você consegue chegar até os penhascos comigo montada nas suas costas?

— E comigo! — Murphy guinchou.

Armon levantou-se e pareceu fazer cálculos, ponderando a tarefa.

— Imagino que apenas nós três poderemos ir? — o gigante perguntou.

Eu olhei para a bolsinha onde estava a Jocasta e assenti com a cabeça. Sem dizer mais nenhuma palavra, Armon olhou novamente para o grupo junto ao leme. Só Odessa estava nos olhando, com algum interesse. O resto estava conversando entre si. Armon me pegou e me colocou sobre o próprio ombro. Murphy segurou-se com força, afundando as garras nas minhas roupas, e eu envolvi o pescoço de Armon com os braços. Em seguida o gigante saltou tão alto e tão longe pelo ar que pareceu que estávamos voando. Eu olhei para trás e vi

Warvold olhando para nós impressionado, alarmado com o novo acontecimento.

Nós atingimos a água, mas Armon absorveu completamente o choque, e então começou a nadar velozmente para os penhascos. Eu me segurei e senti o frio salgado do mar. Murphy cravava as garras com uma força um pouco exagerada, atingindo minha pele.

— Murphy, não aperte tanto!

— Mil desculpas, isso tudo é tão empolgante, não é? — ele afrouxou o suficiente para que as garras não chegassem a machucar minha pele.

Squire saiu mais uma vez do nevoeiro adiante e desceu até nós, gritando com força. Em seguida ela circulou baixo sobre as nossas cabeças e disparou para os penhascos. Então ela pousou, e eu tive certeza do que nós deveríamos fazer.

— Elyon disse para seguirmos Squire; que ela nos levaria até onde precisamos ir.

Armon pareceu entender e mudou levemente de curso. Olhei para trás sobre o ombro e vi que Roland estava tentando virar o barco e vir atrás da gente. Eu acenei para que ele desistisse, mas não adiantou; ele continuou lutando contra a tempestade, tentando pôr o navio em uma posição que as forças que o circundavam não permitiriam. Os ventos surgiram novamente, e a tempestade soprou mais forte, empurrando o navio em direção ao mar aberto enquanto Armon nos puxava por sobre a última das grandes ondas antes de chegarmos aos penhascos.

Squire estava pousada nas rochas, gritando repetidamente enquanto nos aproximávamos. Armon deu uma última braçada, e em seguida se protegeu enquanto uma onda nos jogava contra as pedras. Ele se segurou na rocha pontiaguda, e o vento rugia no penhasco abaixo. Squire estava à nossa esquerda e continuou gritando até que Armon foi até lá e nós descobrimos que ela estava diante de uma abertura enorme e escura nas rochas. Armon rapidamente pulou para dentro do espaço enquanto Squire voou para longe. As costas de Armon subiam e desciam enquanto ele tentava recuperar o fôlego. A caverna que tínhamos encontrado nos protegeria do vento e nos permitiria descansar por um momento.

— O Mar Solitário sugou praticamente toda a força do gigante — Murphy exclamou. O pêlo opaco e molhado do esquilo fez com que ele tomasse uma aparência mirrada, como um gatinho encharcado.

— Isso ele fez mesmo — grunhiu Armon. Ele estava recuperando a força, mas a travessia a nado tinha sido um desafio maior do que eu jamais poderia ter imaginado. A viagem tinha testado a força de um gigante, e ele por pouco não fracassou, o que me preocupava enquanto eu olhava para o mar. Será que Armon teria a força necessária para nos levar de volta ao *Farol de Warwick*?

Squire emergiu no ar novamente, voando direto em nossa direção. Eu estava com uma sensação ruim a respeito do lugar para onde ela voaria em seguida. Minhas preocupações se confirmaram quando ela fez uma curva aguda e ascendente assim que nos alcançou. Nós colocamos nossas cabeças na tempestade para espiar, e assistimos a sua luta contra o vento por todo o percurso, seguindo até o nevoeiro paredão acima, até que não pudemos mais enxergá-la.

Armon olhou para nós por cima do ombro e viu que Murphy e eu estávamos esperando a confirmação de que ele seria capaz de escalar os penhascos. O gigante soltou um poderoso suspiro e olhou para as próprias mãos sob a luz fraca que penetrava na fenda; nós também olhamos para elas. Eu me inclinei por sobre o ombro de Armon e coloquei minha mão na dele, e em seguida Murphy correu pelo meu braço e pôs a pata nas costas da minha mão; minha mão era bem maior que a pata de Murphy, e a mão de Armon era ainda maior que a minha.

— Se tivesse mãos tão grandes assim, *eu* poderia levá-los até lá— Murphy anunciou, e, por algum motivo, Armon achou o comentário engraçado e começou a rir. O gigante esticou os braços e suas costas tremeram e chacoalharam contra o meu peito.

— Lá vamos nós, então — Armon decidiu. — Antes que a luz comece a sumir.

Armon se esgueirou para o vento e se segurou na lateral do penhasco. Então ele começou a escalar, e os dois amigos que levava nas costas tremiam de medo a cada novo passo que ele dava.

CAPÍTULO 5

NÃO CONTE A NINGUÉM O QUE VOCÊ VIU

Já estávamos bem alto no paredão de pedra — quase atingindo a névoa —, quando olhei para baixo pela primeira vez. Isso foi um erro.

O pé de Armon tinha escorregado e sua enorme perna balançou livre no ar úmido. Olhar para baixo me fez engasgar, mas eu não conseguia parar de olhar. Estávamos bem acima do mar, e pude ver as ondas se chocando contra as rochas. Também vi o *Farol de Warwick*, e torci para que Warvold e os outros pudessem nos ver. Eles tinham sido levados para ainda mais longe em direção ao mar aberto, e eu subitamente tive a sensação que tínhamos cometido um erro terrível. Nossos companheiros deviam estar pensando que havíamos enlouquecido, mas nada que eles fizessem poderia nos ajudar ou nos impedir, e parecia que não poderíamos voltar ao barco à medida que ele se afastava. Um nó se formou na minha garganta, e comecei a me sentir tonta. Enterrei a cabeça nas costas de Armon e prometi a mim mesma que não olharia mais para baixo.

Enquanto Armon continuava a escalar o penhasco, lutando por cada ponto de apoio e respirando fundo à medida que avançava, eu tentava afastar a minha mente do fato de que nós três sofreríamos uma queda fatal se as mãos de Armon se soltassem daquela superfície rochosa e escorregadia. Imaginei que Warvold e Roland estariam no barco sentindo um pouco de inveja, algo que na verdade fazia bastante sentido. Os dois irmãos fariam qualquer coisa para que fossem eles ali nas costas do gigante, escalando um penhasco aparentemente invencível rumo a lugares que ninguém jamais tinha visto. Isso colocou um sorriso no meu rosto, pensar que de alguma forma eu tinha me transformado em alguém como eles, alguém que eu jamais poderia sonhar ser enquanto levava uma infância tranqüila em Lathbury. E então eu abri os olhos novamente e olhei para cima.

O ar estava abafado e úmido. Nós tínhamos penetrado o nevoeiro; o que significaria, de acordo com minhas expectativas, que estávamos chegando perto do topo do penhasco. Nós não conseguíamos ver além de pouco mais de um metro em qualquer direção; o que era algo alarmante, uma vez que Armon já encontrava dificuldades suficientes em achar os pontos de apoio que ficavam cada vez mais raros na escalada. Agora havia ainda menos opções para ele escolher. Mas então aconteceu uma coisa maravilhosa quando entramos nas nuvens, algo que eu não pude entender muito bem.

A tempestade se fora.

Quanto mais alto subíamos em meio ao nevoeiro, menos vento e chuva encontrávamos. Podíamos ouvir a tempestade abaixo de nós, mas tudo estava estranhamente pacífico agora, como se tivéssemos entrado em um reino completamente diferente. Eu observava Armon estender os braços para além de onde eu podia ver, com as mãos tateando diversos pontos no penhasco, procurando por apoios mais acima.

— Estou com medo, Armon — falei. — E se nós não pudermos descer novamente?

Ele não respondeu, e parecia que sentia a presença de algo que estava mais adiante, o que lhe deu uma nova força e fez com que se movesse cada vez mais rápido penhasco acima, num ritmo impressionante. O tempo passou rapidamente, e a luz começou a penetrar no nosso mundo de névoa. E então, sem aviso, nós estávamos sob um céu vespertino perfeitamente limpo, com 15 metros de penhasco seco e cheio de pontos de apoio acima de nós.

— Tenho um pressentimento sobre esse lugar, mas não consigo explicar o que é — Armon me disse. — É algo que eu não sentia há muito tempo.

Murphy se intrometeu:

— O único pressentimento que eu tenho é o de que um esquilo não deveria estar subindo tão alto. Toda essa altitude faz o meu pêlo ficar estranho. — Ele se segurou com três patas e usou a quarta para coçar detrás da orelha, como um cachorro.

Armon não ofegava tanto agora, e ele parecia ainda mais poderoso para mim, praticamente saltando de apoio em apoio na superfície rochosa, nos levando cada vez mais alto até que alcançamos o topo, e ele escalou a borda, chegando à Terra de Elyon.

— Fiquem nas minhas costas — ele instruiu. Armon engatinhou sobre as mãos e joelhos para longe da borda, e eu me perguntei se ele temia que uma rajada de vento pudesse nos jogar no ar, rumo às pedras pontiagudas abaixo. Quando já estávamos bem distante da borda, Armon se levantou. Eu olhei sobre seu ombro para conferir o lugar aonde tínhamos chegado.

O que vimos era ao mesmo tempo magnífico e assustador, algo pelo qual eu nunca tinha passado antes. Eu tinha esperado que nós estivéssemos sendo levados para uma cidade ou uma montanha, mas o que vi não era nada disso. Murphy dardejou de um lado para o outro sobre os ombros de Armon, tentando ver tudo que havia diante de si. Eu apenas olhei fixamente, descrente; minha respiração falhava como se o ar à minha volta tivesse ficado fino e rarefeito.

Armon seguia em frente num ritmo extremamente lento, como se uma força além de seu controle o estivesse atraindo. Ninguém falou, nem mesmo Murphy, de repente, surgiu uma voz cristalina pronunciando palavras que eu jamais poderia imaginar que iria ouvir; palavras que eu não queria ouvir.

Não conte a ninguém o que você viu.

A voz estava mais clara do que antes, não era mais apenas um sussurro ao vento, como no passado. Eu quase achei que Armon e Murphy também estivessem ouvindo; mas eles não escutaram nada. Torci para que houvesse mais coisas para eu contar a eles, mas não houve nada.

Armon continuou a se aproximar do que jazia diante de nós, mas então um vento brutal surgiu e quase o derrubou no chão. Uma grande nuvem branca recobriu a terra e começou a ocultar tudo à nossa frente. Alguns minutos depois, enquanto nos protegíamos do vento na beira do penhasco, o que víramos tinha desaparecido.

— Armon, você não pode contar a ninguém sobre este lugar — falei. — Nem você, Murphy. Ninguém pode saber.

Nenhum deles disse nada, e me pareceu que todos compreendemos que Elyon tinha nos trazido a esse exato lugar por motivos próprios.

Então ele disse mais uma coisa. Algo que, se eu obedecesse, seria o princípio de um plano. Ao ouvir as instruções, tive medo de compartilhar aquilo com qualquer outra pessoa, mas sabia que teria de contar a Armon mais tarde. Tinha de pensar no assunto antes. Eu tinha de descobrir o significado exato das palavras de Elyon.

— Temos de ir — Armon afirmou. — Se eu não partir agora, não serei mais capaz de fazê-lo.

Armon afastou-se e torceu o pescoço para olhar para mim, então eu pousei a cabeça em seu ombro. Estava claro pelo brilho nos olhos do gigante que dar meia-volta tinha sido uma decisão muito difícil para ele. Ele girou o corpo inteiro e olhou por sobre as névoas que cobriam o Mar Solitário.

— Eu espero que pelo menos a gente consiga voltar para o *Farol de Warwick* — ele disse. Em seguida já estávamos além da borda, descendo a encosta, com imagens daquilo que tínhamos acabado de ver ocupando nossas mentes enquanto voltávamos.

A descida foi muito mais rápida que a subida, e Armon movia-se como uma aranha gigantesca ao longo da face do penhasco, névoa abaixo, de volta à tempestade que ainda acontecia sobre o mar, até que por fim estávamos novamente sobre as pedras na base. Armon descansou por apenas alguns segundos antes de mergulhar no Mar Solitário e nadar de volta ao barco. A embarcação estava bem distante, mas podíamos vê-la ao longe, subindo e descendo sobre as ondas. A tempestade parecia nos empurrar para o mar aberto, então Armon teve apenas que nos guiar na direção correta. A luz do dia já estava quase acabando quando nos aproximamos do *Farol de Warwick*, onde Warvold, Roland e Balmoral acenavam e gritavam nossos nomes. Sob a luz cada vez mais fraca, uma corda foi jogada ao mar, e Armon a agarrou.

Quando o gigante finalmente escalou por sobre o costado do *Farol de Warwick*, ele colocou Murphy e a mim sobre o convés e em seguida desabou, com o enorme corpo esparramando diante de nós, e seu peito ofegando pesadamente enquanto a chuva atingia seu rosto.

O estado de Murphy era de dar pena, estava com o pêlo opaco e molhado. Todos os seus ossos estavam visíveis contra a pele e seu rostinho parecia exausto, como se ele estivesse prestes a cair no sono e rolar pelo convés do navio.

— Esperem só até eu voltar para casa e contar para todo mundo que nadei no oceano e escalei até o topo de um penhasco — o esquilo comentou. — Eles nunca acreditarão em mim.

Warvold me ergueu e me abraçou com tanta força que eu achei que ia explodir.

— Por favor, não faça nada parecido com isso novamente — ele sussurrou no meu ouvido. Em seguida se virou e gritou para o irmão: — Tire-nos daqui! Estamos quase contornando o penhasco.

Ele me levou para a cabine sob o convés e jogou um cobertor meio molhado em volta do meu corpo.

— Está tudo bem com você? Você está machucada? O que você viu? O que havia lá em cima, Alexa? — Warvold estava curioso e preocupado, e quase partiu meu coração ter que ficar ali sentada, balançando a cabeça, incapaz de contar a ele o que eu queria compartilhar.

Permaneci sentada, tremendo, com os braços de Warvold ao meu redor enquanto o *Farol de Warwick* me levava para longe de um lugar que eu jamais esqueceria e que não podia compreender; um lugar secreto do qual eu não poderia falar a ninguém.

CAPÍTULO 6

SEPARADOS

Eu me lembro de ficar com sono. Estava encharcada e aborrecida, sonhando em estar na sala de estar do Alojamento Renny, encolhida num sofá de veludo com um bom livro e uma xícara de chá, e o grande fogo aceso na lareira, com fumaça de cachimbo por todos os lados do aposento. E então eu não lembro de praticamente mais nada até que acordei com a luz entrando pela porta que levava ao convés do *Farol de Warwick*.

Eu me sentei, despertando ao ver a luminosidade, pensando que a tempestade logo entraria pela porta e acordaria a todos. Então percebi que o frio tinha passado, e que a tempestade não estava mais soprando do lado de fora. Havia uma luz acolhedora descendo pelas escadas e uma suave brisa matinal esvoaçando pelo aposento. Alguém tinha me carregado no colo à noite e me colocado numa das redes, onde eu estava aquecida, mas um pouco úmida ainda. Eu pulei da rede, acordada, e corri para a escada, empolgada para ver um dia pacífico começando.

O ar do lado de fora estava entre frio e morno; já não fazia mais o frescor da manhã, mas o calor do dia ainda não tinha chegado. O Mar Solitário estava calmo exceto por algumas ondas que vagavam preguiçosamente na superfície. Eu olhei para a esquerda e vi os penhascos subindo até o nevoeiro a cem metros de distância.

— Ahhh, finalmente você acordou — a voz bondosa de Warvold veio do leme, onde ele estava com Rolando, enquanto o vento dançava nos cabelos deles, e a ânsia por aventuras ficava evidente no rosto dos dois irmãos. Ambos já tinham passado por vários riscos e perigos em suas vidas, mas a expressão que eu vi nos olhos dos dois certamente era uma recompensa. Roland e Warvold eram homens cheios de vida, quase a ponto de explodir, e tudo o que eu queria era ser um pouco mais parecida com eles.

— Parece que você viu um fantasma — Roland comentou ao virar o leme só um pouquinho na direção dos penhascos.

— Ela está ótima — Warvold retrucou. — Muito melhor do que deveria parecer, considerando os perigos que ela enfrentou apenas um dia atrás.

Ele veio até mim e andamos de mãos dadas até a extremidade da proa do *Farol de Warwick*, onde ficamos juntos, olhando para o mar. Eu me virei para ver Armon e Balmoral fazendo reparos nas velas, enquanto Murphy permanecia sentado nas costas de Odessa, que dormia aos pés deles.

— Alexa — Warvold se pronunciou. — Estamos nos aproximando de Ainsworth, onde as coisas ficarão um pouco mais complicadas. Você pode vir comigo um momento para eu lhe contar algumas coisas?

Eu estava feliz em ouvir que estávamos próximos a um lugar onde poderíamos voltar à terra firme e ir atrás de Yipes. Já era o início do nosso terceiro dia de viagem desde que deixamos Castalia. Apenas dois dias restavam antes que Grindall esperasse a minha chegada em Bridewell, com a última pedra.

— Nós vamos poder alcançar a terra, para resgatar Yipes? — perguntei a Warvold.

— Isso nós faremos. Há mais algumas surpresas que eu ainda tenho que revelar. — Ele olhou para o mar e sorriu serenamente. — Meus anos em Bridewell podem até ter sofrido de uma certa falta de aventuras, mas eles foram uma época importante. Eu contemplei muitas coisas por detrás das sombras das paredes. Criei muitos planos. — Warvold desviou o olhar do Mar Solitário e olhou para mim. — Antes disso, durante todos os anos da minha juventude, vagando pela Terra de Elyon... Você sabe o que eu procurava, Alexa? — ele me perguntou. Essa era uma pergunta que ele tinha se esforçado para elaborar, e parecia desesperado para me dizer a resposta.

— Procurava aventuras, assim como Roland — eu respondi.

Ele voltou a olhar para o mar novamente, e sua voz tremeu ao pronunciar a resposta verdadeira.

— Eu fui tomado pelo poder de uma grande afeição.

Parecia que Warvold tinha me dado a chave para sua vida inteira naquela única declaração, e ainda assim eu lutei para entender o que ele queria dizer. Rolei as palavras na minha cabeça, tentando ver nelas o que tinha levado aquele homem a viver uma vida tão perigosa. *Eu fui tomado pelo poder de uma grande afeição.*

— Eu não entendi o que você quis dizer — admiti.

Warvold olhou fundo nos meus olhos, com o vento soprando mechas de cabelos grisalhos sobre seu rosto desgastado.

— Elyon tem apenas uma esperança para nós, Alexa. Que a gente saiba que ele nos ama. Você consegue entender? Aquele que criou você, que criou tudo... — Warvold apontou para o mar com um gesto. — Ele ama você. E mais que isso, não precisamos fazer nada para conquistar toda a afeição que ele tem a oferecer. Esse amor me levou a combater o inimigo dele, o inimigo de todos nós.

— Abaddon — murmurei.

Warvold me encarou com tamanha intensidade que eu mal pude sustentar seu olhar.

— Nenhum mal consegue resistir ao poder do amor para sempre — ele piscou para mim e sorriu, como se pensasse que, de alguma forma, aquele nosso grupo desengonçado pudesse ainda sobrepujar Grindall e os ogros; ou mesmo o próprio Abaddon.

— Eu fracassei, e fracassei, e fracassei novamente — Warvold continuou. — Mas nenhum fracasso poderia mover a mão de afeição de Elyon para longe de mim. Ela é inescapável. Viver corajosamente por esse tipo de amor é o mínimo que eu poderia fazer.

Eu subitamente senti que, também, fora tomada por este poder de grande afeição, e entendi porque eu precisava buscar a aventura incessantemente. O que eu vira na borda dos penhascos com Armon e Murphy apenas me deu mais forças para seguir adiante.

— Estamos nos aproximando dos penhascos — Warvold anunciou.

Fiquei surpresa ao olhar e ver que estávamos de fato muito mais próximos dos rochedos. Todos no convés pareciam estar se preparando, de alguma forma ou de outra, para deixar o *Farol de Warwick*.

— Pegue sua bolsa, Alexa, nós logo deixaremos o Mar Solitário.

Eu peguei minhas coisas rapidamente e me juntei a Armon perto da popa do barco, onde ele estava com Odessa, Murphy e Balmoral. Todos menos o gigante pareciam nervosos enquanto olhavam para a face dos penhascos, se perguntando que perigos nos aguardariam com o desenrolar daquele dia.

— Ali, à direita — Balmoral indicou. Eu me esforcei para ver o ponto que ele estava apontando e então vi uma bandeira vermelha pendurada na ponta de uma corda. Warvold veio silenciosamente até nós e colocou uma das mãos sobre o meu ombro.

— Nossa fuga do mar — ele disse. — Devo admitir que eu surpreendo até a mim mesmo, às vezes.

Roland guiou o *Farol de Warwick* para mais perto das rochas e nos disse que teríamos que seguir o resto do caminho a nado.

— O barco já levou uma bela surra, até aqui. Temo que qualquer arranhãozinho no fundo o fará em pedaços.

Roland se preocupava muito com o *Farol de Warwick*. Às vezes parecia que eles estavam casados um com o outro, encarando o Mar Solitário, juntos, enquanto os dias se tornavam anos.

Eu comi um último pedaço do café-da-manhã que Roland tinha preparado; peixe seco e uma casca de pão; então perguntei a Warvold quem seria o primeiro a ir.

— Ora, você, é claro — ele respondeu. — Armon poderá carregá-la junto com os animais. Ele está certo de que a corda não será necessária, mas mesmo assim eu o aconselhei a amarrar a corda na cintura, para o caso de um escorregão.

Armon olhou para nós e assentiu sua aprovação com um sorriso. Ele estava com uma coisa estranha nas costas, feita de pano de velas velhas, e então percebi que a coisa serviria para transportar a mim, a Murphy e a Odessa enquanto ele escalasse. O gigante se abaixou bem, e Balmoral ajudou Warvold a colocar Odessa dentro do compartimento de pano. Ela uivou e se remexeu, e por fim se deitou imóvel em um dos lados das costas enormes de Armon. Eu escalei pelo outro lado e me sentei, com as pernas livres e balançando no ar. Murphy fez o caminho mais fácil de todos, simplesmente pulando no meu colo e subindo até o ombro de Armon, onde ele se sentou e cravou as garras para encarar a viagem.

— Isso não é tão empolgante quanto na primeira vez — Murphy reclamou. — Sem a tempestade e a incerteza da habilidade de Armon, é quase tedioso.

Armon sorriu e se levantou, nos erguendo alto no ar. Em seguida ele passou por sobre a beirada do barco mais uma vez e mergulhou com a água até a cintura.

— Segurem-se, pessoal — ele avisou. — Lá vamos nós.

O gigante começou a nadar. Odessa choramingou e se agitou à medida que a água chegava a nossos pescoços.

— Alexa! — Warvold gritou. — Há mais uma coisa que eu preciso lhe contar. É muito importante. Eu lhe direi assim que todos chegarmos à terra firme.

— Tudo bem — berrei de volta. Parecia que eu jamais descobriria todos os segredos que Warvold possuía.

Logo nós estávamos nos penhascos. Armon amarrou a corda na própria cintura e a puxou três vezes. A corda se esticou mas Armon não se moveu. Ele parecia estar se divertindo.

— Quem quer que esteja lá em cima deve estar se perguntando se pescou uma baleia — ele comentou, segurando a corda com uma das enormes mãos. — Se eu der um bom puxão, você acha que eles cairão pela borda?

Todos nós imploramos para que ele não fizesse isso, mesmo que soubéssemos que ele estava apenas brincando e que jamais faria tal coisa.

Quando começamos a subir, um turbilhão de pensamentos invadiu minha cabeça. Poderíamos salvar Yipes? Quem estava segurando a corda lá em cima na névoa? Quando Elyon falaria comigo de novo?

Eu rolei tais pensamentos para lá e para cá na minha mente até que estávamos a menos de um metro da névoa, e tudo começou a ficar frio e úmido. Armon parecia ter dominado a arte de escalar penhascos, movendo-se com grande velocidade e eficiência. A subida estava quase serena.

Então algo assustador aconteceu. O vento começou a soprar forte pelo lado. No começo, foi apenas uma brisa constante, mas depois de apenas alguns segundos, ele começou a vir em rajadas. Armon se segurou com força no paredão. As rajadas começaram a ficar cada vez mais fortes.

Eu gritei para Armon:

— Por que você está esperando? Basta você subir mais alguns passos e o vento acabará quando atingirmos o nevoeiro.

Houve um breve silêncio, seguido de uma pergunta a qual eu não tinha parado para pensar.

— Onde está o *Farol de Warwick*, Alexa? Eu não posso me virar para vê-lo.

Eu girei a cabeça para fora da bolsa de pano e olhei para baixo, esperando ver o barco por perto. Para o meu pavor, ele tinha se movido ao longo do penhasco por uma distância alarmante, e estava sendo empurrado para ainda mais longe a cada segundo que passava. Eu mal pude ver Roland e Balmoral lutando com o leme, tentando endireitar as velas. O vento era feroz no nível do mar. Warvold estava de pé na proa do barco, olhando em minha direção enquanto era arrastado para longe pelos ventos.

— Temos que voltar, Armon! — eu berrei. — Eles estão sendo soprados para longe!

Murphy tinha descido pelas minhas costas até deitar no meu colo, tentando escapar do vento. Odessa uivava enquanto eu abraçava o corpinho trêmulo de Murphy e assistia ao *Farol de Warwick* navegar rapidamente para fora de nosso campo de visão.

— Não posso descer com esse vento forte, Alexa — foi a resposta de Armon, cuja voz carregava um forte tom de preocupação. — Está piorando. Nós teremos que chegar à névoa se quisermos sobreviver.

Deixe-os ir.

Era a voz no vento dizendo palavras às quais eu não poderia imaginar atender. Eu *precisava* de Warvold. Sem ele, eu estaria perdida.

Armon voltou a escalar cuidadosamente, usando cada apoio de pé e de mão com muito cuidado. Quando a primeira mão dele desapareceu na névoa, uma rajada monstruosa de vento passou e arrancou os pés dele dos apoios no penhasco.

O gigante soltou uma das mãos, e subitamente estávamos pendurados com as pedras abaixo de nós.

CAPÍTULO 7

O QUE ACONTECEU ENQUANTO ESTÁVAMOS FORA

Enquanto balançávamos para frente e para trás no vento, eu olhei para o mar aberto e descobri que o *Farol de Warwick* tinha sido levado para tão longe que havia se tornado apenas um pontinho à distância. Pelo menos Warvold e os outros tinham sido poupados de nos ver naquela situação de extremo perigo.

Murphy pulou para fora do meu colo e correu até o ombro de Armon, cravando as garras com força no gigante enquanto andava. Ao alcançar seu lugar favorito, ele se inclinou e, para meu espanto, mordeu Armon bem na orelha.

Armon balançou violentamente a cabeça e gritou, balançando o corpo de Murphy no ar. Mas o pequeno esquilo não soltava da orelha do gigante. Ele parecia um grande brinco peludo pendurado ao vento.

Armon pareceu ganhar vida, no entanto; a dor deve ter trazido uma nova onda de energia. Ele endireitou os pés, segurou o penhasco com a mão que estava livre e, rápido como um lagarto, subiu pela superfície rochosa. Os ventos se acalmaram assim que entramos no nevoeiro, e as coisas pareceram estar sob controle novamente.

— Me desculpe por isso — Murphy disse. Eu conseguia enxergar bem o suficiente através da névoa para perceber que Armon estava segurando Murphy pelo meio do corpo e erguia o esquilo no ar, enquanto o encarava. O sangue pingava da orelha do gigante, mas não tanto quanto eu tinha imaginado. A pele de Armon tinha espessura de couro, e Murphy mal tinha rompido a superfície com seus dentes afiados.

— Você já pode me colocar de volta na bolsa de pano, se quiser — Murphy pediu, assustado, com a vozinha aguda falhando. Armon o segurou mais um pouco.

— Isso doeu — o gigante afirmou. — Mas, provavelmente, salvou as nossas vidas.

Armon recolocou Murphy no ombro e voltou ao trabalho de escalar os penhascos.

Eu estava dominada pelo medo quando atravessamos a névoa e irrompemos na luz de um dia brilhante e azul. Mais uma vez tínhamos nos separado de Warvold, e eu me sentia como se tivéssemos perdido nosso guia. Então, a uns seis metros do topo, eu ouvi uma voz familiar, fazendo com que eu me sentisse extremamente melhor.

— O que diabos é *aquela* coisa? — a voz indagou. Eu olhei para cima e vi Nicolas, o filho de Warvold, espiando sobre a borda do penhasco. Em seguida outra cabeça apareceu para olhar para baixo, estupefata. Era Pervis Kotcher.

— É um gigante — Pervis notou.

— Não é de surpreender que a corda estivesse tão pesada! — Nicolas disse. — Será que ele é amistoso?

— Pergunte a ele você mesmo — Pervis sugeriu. Eu pude ver, de onde estávamos pendurados, que ele estava de brincadeira, tentando enganar Nicolas. Afinal, Pervis tinha algum conhecimento sobre gigantes.

Nicolas se inclinou por sobre o penhasco e observou enquanto nos aproximamos ainda mais, a apenas três metros da borda.

— Amigo ou inimigo? — Nicolas interrogou. Ele estava tentando impor um tom de valentia, mas não estava conseguindo.

— Isso vai depender do fato de você ter ou não alguma comida aí em cima — Armon retrucou, ofegando fortemente ao chegarmos ao fim da escalada.

Nicolas sorriu para nós, e comecei a explicar por que eu estava escalando a face de um penhasco nas costas de um gigante acompanhada de uma loba e um esquilo. Quando chegamos ao topo, Armon endireitou a postura e olhou para baixo, para Nicolas e Pervis. Ambos olharam para cima, atordoados com o tamanho da criatura. Armon sentou-se, e eu pulei da bolsa de pano e corri para abraçar Pervis e Nicolas. Ficou imediatamente claro que Nicolas estava apenas brincando quanto à sua preocupação em relação a Armon; ele sabia sobre gigantes e ogros tanto quanto Pervis, e mesmo que ver Armon fosse uma surpresa, aquilo fora algo que eles tinham torcido para que acontecesse.

— Esse é um encontro que nós não tínhamos esperado — Nicolas declarou, olhando com espanto para Armon, que se erguia sobre ele. — Mas é algo que nos deixou extremamente felizes.

— Temos que tomar cuidado com quem o poderá ver por essas bandas — avisou Pervis. — Ele terá que seguir pelo caminho mais longo.

Enquanto eles falavam eu olhei para o lugar onde estávamos. Era algum ponto nas cercanias de Ainsworth, onde grandes rochedos ficavam espalhados pela borda do penhasco. Estávamos escondidos, por enquanto.

— Vamos jogar a corda e trazer Warvold cá para cima — Pervis decidiu. — Não há tempo a perder, e ele deve ter pensado em como devemos agir com um gigante entre nós.

— O quê? — exclamei, surpresa. Eu tinha me perguntado como contar a Pervis e a Nicolas que Warvold estava vivo, mas agora parecia que isso não seria necessário. — Como vocês sabiam que Warvold ainda estava vivo?

Pervis olhou de um lado para o outro, para os rostos parados diante dele, e então apontou para Nicolas.

— Ele me contou.

Eu olhei para Nicolas. Ele estava remexendo os dedos, com uma expressão constrangida no rosto. Desde a "morte" de Warvold, eu tinha me aproximado bastante de Nicolas. Nós tínhamos trocado cartas, e ele tinha até me visitado duas vezes no ano passado.

— Você sabia disso o tempo todo e não me contou? — indaguei. A pergunta soou mais acusadora do que eu tinha pretendido, mas era difícil esconder que os meus sentimentos tinham sido feridos.

— Eu não poderia lhe contar, Alexa. Teria sido arriscado demais, devido a todas as coisas que estavam em jogo — Nicolas veio até mim e se ajoelhou antes de continuar. A maneira como os olhos dele suplicavam fez com que o meu coração entendesse, e naquele exato momento eu já estava prestes a perdoá-lo por guardar o segredo.

— Eu sempre soube do meu pai e da minha mãe — ele explicou. — Muitas vezes briguei com o meu pai, pedindo que me deixasse salvar minha mãe. E então quando ele me contou dos planos que tinha para ir atrás dela, implorei para ir junto, ou pelo menos ir atrás dele, caso ele falhasse. Mas Warvold é um homem teimoso, e tem lá as suas manias. Minha parte nessa aventura tem sido ficar em casa e manter o reino seguro, guardando segredo sobre os acontecimentos. E isso foi uma coisa boa, também, ou muitos teriam morrido em Bridewell nesses últimos dias.

— Ele se foi — falei, com a voz não passando de um sussurro.

Uma sombra tomou conta do rosto de Nicolas.

— O que você quis dizer?

— Warvold. Ele se foi. O barco foi levado para longe pelo vento enquanto escalávamos o penhasco. Ele não voltará, pelo menos não por algum tempo.

Nicolas olhou para a bolsinha pendurada em meu pescoço que escondia a última Jocasta.

— Essa é uma má notícia para a qual eu não tinha me preparado — Nicolas resmungou. — Você tem certeza de que eles não deram a volta?

Eu girei a bolsinha nas mãos e me lembrei das palavras que ouvi quando estávamos pendurados no penhasco.

Deixe-os ir.

— Tenho certeza.

Nicolas se recompôs e sentou-se numa grande pedra antes de relatar todos os eventos que aconteceram enquanto eu estive fora. Ele mandara Pervis ficar de olho em mim e comunicar a ele assim que eu sumisse de Bridewell. Ao receber essa notícia do meu pai, Pervis foi o mais rápido possível até Lunenburg, onde Nicolas contou a ele tudo o que sabia (que era muito mais do que eu tinha imaginado).

— Era importante que nós mantivéssemos as coisas sob sigilo em Bridewell para evitar histeria do povo — Pervis explicou. — Informei aos meus guardas mais confiáveis do perigo que poderíamos enfrentar e os mandei para bem longe nas Colinas Sombrias para ficar de olho em qualquer coisa que se movesse em nossa direção.

— É uma coisa muito boa que sejamos um povo tão tímido, numa hora dessas — Nicolas afirmou. — A lenda dos gigantes sempre fora algo misterioso para o povo de Bridewell. Ela é mais comentada em Ainsworth, onde as pessoas gostam desse tipo história. Ainda assim, há um medo saudável de todas as coisas que vêm de fora do nosso reino, além de uma grande nostalgia em relação ao passado, na época em que meu pai ainda estava por perto.

Ele respirou fundo antes de continuar.

— Quando fomos avisados pelos guardas de que Grindall e seus gigantes estavam dormindo nas colinas, a apenas um dia de viagem de distância, eu convoquei uma reunião na praça central com todas as pessoas que ainda permaneciam em Bridewell. Muitas tinham deixado a cidade. Como você sabe, o verão é a época que a maior parte da nossa população está fora, procurando livros para consertar. Mas ainda havia pelo menos quinhentas pessoas que ficaram. Nós simplesmente tivemos que tirá-las dali sem alarmar as outras cidades em relação ao perigo que se aproximava.

— Ogros — eu corrigi. — Você os chamou de gigantes, as bestas que escoltam Grindall. Armon é o último gigante que resta. Os outros são ogros.

Nicolas olhou para mim de um modo estranho, como se eu tivesse mencionado algo de pouca importância. Mas para mim era importante.

Nicolas continuou a nos contar que ele tinha revelado ao povo da cidade que, na qualidade de único filho de Warvold, uma mensagem do pai tinha sido deixada para ele. O povo, que um dia fora muito apaixonado por Warvold e que ainda sentia tanto a sua falta, ficou interessado em ouvir o que aquela mensagem poderia dizer.

Então Nicolas puxou um pedaço de papel do bolso do colete e leu para nós o bilhete que Warvold tinha deixado, o mesmo bilhete que ele havia lido para o povo de Bridewell há apenas dois dias.

Eu deixei esta mensagem para o meu filho, Nicolas, em quem vocês podem confiar. Se ela estiver sendo lida para vocês, então algo aconteceu que exige uma providência imediata. Há um perigo se aproximando, um perigo que é difícil de explicar, e que é melhor permanecer desconhecido. É um perigo que existirá por alguns dias apenas, então irá passar e jamais se verá ou se ouvirá falar nele novamente.

Tenho que pedir que vocês deixem Bridewell e sigam para as cidades vizinhas de nosso reino, até que Nicolas os convoque de volta. Confiem em mim desta última vez e partam até que o perigo tenha passado. Não contem a ninguém sobre esse perigo, pois isso apenas causaria pânico por todo o reino, trazendo as pessoas exatamente para o lugar onde elas não deveriam estar.

Digo novamente: Confiem em mim mais uma vez e o perigo passará. Ele será uma sombra temporária sobre Bridewell, uma sombra com a qual vocês jamais precisarão se preocupar... Desde que vocês partam conforme eu instruí.

Warvold

— Não foi muito difícil convencê-los — Pervis comentou, sua natureza protetora ficando evidente na maneira como ele falou. — Essa foi uma mensagem de Warvold, o homem que tomou conta deles, o homem cuja visão criou o reino que existe ao redor desse povo. A idéia de partir para evitar o que estava a caminho os desanimou, mas a idéia de ficar para lutar com o que quer que fosse era ainda pior. Eles fizeram as malas rapidamente, e prometeram guardar segredo. Havia alguns viajantes vindos de fora da cidade, de Turlock e Ainsworth, e tive que conversar secretamente com essas pessoas e empregar uma dose extra de persuasão.

Atormentado, Pervis concluiu:

— Bridewell está vazia, exceto por Grindall e seus ogros.

Minha querida cidade de Bridewell estava dominada. Todos os meus lugares favoritos: a biblioteca, as salas do alojamento, os túneis... eles não eram mais nossos. Pensei em Yipes, aprisionado com aquelas criaturas horríveis, se perguntando se alguém viria salvá-lo.

— Temos que ir para lá — afirmei.

Pervis e Nicolas pareciam estar esperando que Warvold pudesse ter deixado algum plano comigo. Mesmo que esse não fosse o caso, eu estava dominada pela preocupação com Yipes, e sabia que nós tínhamos de resgatá-lo. Eu estivera trabalhando no meu próprio plano, o que significava que nós teríamos que ir até Bridewell.

— Warvold e eu conversamos no barco, e sei o que devemos fazer — declarei. Pervis e Nicolas pareceram se animar com o comentário. Armon, Murphy e Odessa permaneceram do meu lado, ouvindo em silêncio enquanto as coisas se desenvolviam. Eu realmente tinha conversado com Warvold no barco, então aquela fora apenas uma meia-mentira, mas eu me senti muito mal por tê-la contado. — Yipes é mantido prisioneiro por Grindall e os ogros.

Seria um erro trágico deixá-lo lá sozinho. A primeira coisa que teremos de fazer é resgatá-lo.

Havia uma nova expressão de intensidade no rosto deles dois, especialmente no de Pervis. Eu tinha um plano e o nosso querido companheiro estava aprisionado pelo nosso inimigo. Era o incentivo que eles precisavam.

À medida que a manhã se transformava em tarde, começamos a falar de como poderíamos esconder um gigante na estrada que leva a Bridewell.

CAPÍTULO 8

DE VOLTA AOS TÚNEIS

Decidimos ficar nas Colinas Sombrias enquanto ainda houvesse luz do dia. Era a única maneira de manter Armon a uma distância segura daqueles que poderiam vê-lo em Ainsworth e Lunenburg. Fiquei muito satisfeita em saber que Pervis e Nicolas tinham trazido dois cavalos consigo. Murphy e eu montamos em um deles, com Pervis no comando das rédeas, enquanto Nicolas cavalgava no outro. Armon e Odessa caminhavam. Dessa maneira, o dia de travessia das Colinas Sombrias passou muito mais facilmente. Por algum tempo, caminhei sozinha ao lado de Odessa e nós falamos sobre muitas coisas; Sherwin e Darius, sobre as montanhas e sobre a floresta, e mesmo sobre os meus planos secretos. Ela era uma criatura curiosa, quieta e reservada, não muito diferente de seu parceiro, Darius. Eu não vi Squire por toda a manhã, e me perguntava se ela tinha ficado com Warvold e os outros no *Farol de Warwick*.

Mais tarde, conversei com Pervis e Nicolas, indagando como eles sabiam que chegaríamos nos penhascos, como fizemos. Como eu deveria ter adivinhado, minha mãe avisou quando Renny chegou a Lathbury. Silas Hardy, o carteiro e amigo de meu pai, foi enviado a Bridewell com uma mensagem dizendo que o *Farol de Warwick* estava dando a volta nos penhascos e poderia aparecer no local marcado a qualquer momento. Era tudo parte de um grande plano elaborado por Warvold; um plano que parecia ficar mais misterioso a cada revelação. Naquele momento eu desejei possuir uma mente como a dele, uma capacidade de olhar muito à frente e pensar em tudo com tanta antecipação. Era um brilhantismo que só alguém com muito mais idade que eu poderia ter.

Quando a noite se aproximou, nós já estávamos chegando à muralhas de Bridewell, com os túneis de superfície, em meio aos arbustos, bem diante de nós. Eles serpenteavam por todo o chão, retorcidos e marrons, cheios de espinhos e galhos emaranhados. Era difícil imaginar Armon dentro daquelas passagens estreitas. Avançamos ao longo de uma borda de arbustos densos até que estávamos em algum lugar diretamente entre Castalia e Bridewell. Se Grindall tivesse feito um percurso reto da sua Torre Negra caída até Bridewell, ele teria entrado por aqui. Nós descobrimos, sem muita surpresa, que os ogros tinham ignorado completamente os túneis. Eles tinham andado exatamente em cima deles, cortando e golpeando os arbustos com suas poderosas espadas enquanto avançavam, de modo que a trilha seguia em linha reta até as muralhas de Bridewell. Elas estavam bem distantes, longes o bastante para que eu pudesse apenas ter a idéia das muralhas na minha mente, mas eu tive certeza que, em algum lugar na distância, um ogro estava de pé numa torre vigiando a região em busca de intrusos.

Guiamos os cavalos a pé para o oeste por uns cem metros, e Pervis começou a amarrá-los a uma árvore triste e com o tronco partido.

— Essa não é uma idéia muito boa, a menos que você queira que eles fiquem presos aqui — comentei.

Pervis segurou as rédeas e pareceu pronto para protestar, até que ofereceu uma resposta rápida.

— Nós não vamos voltar por aqui, vamos? — ele indagou.

— Temo que não — respondi. — Nós temos que tentar resgatar Yipes esta noite. Depois disso, vamos correr para o Campo Furtivo.

Nicolas pegou as rédeas das mãos de Pervis e acariciou o focinho dos cavalos.

— Eles sabem o caminho de volta para Lunenburg — Nicolas afirmou. — É quase certo que eles estarão em casa pela manhã. — Virando-se para os cavalos, ele os avisou: — Fiquem juntos agora, não corram em direções diferentes. — Então ele se voltou para o maior dos dois e sussurrou: — Ela seguirá você. — Por fim, Nicolas deu um tapa no cavalo e ele seguiu adiante, com a égua menor correndo atrás, na direção de Lunenburg.

Enquanto permanecíamos olhando para o labirinto de túneis que ficava em meio a vegetação rasteira, um pensamento me ocorreu. Era estranhíssimo que eu não tivesse pensado nisso antes, e que ninguém tivesse mencionado o assunto durante todo o dia.

— Onde está meu pai? — indaguei, subitamente preocupada com ele.

Um silêncio constrangido preencheu o ar enquanto Pervis e Nicolas se entreolhavam, como se estivessem tentando decidir quem iria responder à minha pergunta.

— Ele tinha certeza de que você iria voltar a Bridewell — Pervis finalmente falou. — Eu tentei fazê-lo partir, mas ele não quis.

Eu imaginei os ogros escalando as muralhas e encontrando meu pai, solitário e indefeso.

— Vocês não podem tê-lo deixado lá para morrer? — eu supliquei.

Pervis pareceu ganhar vida com o meu comentário.

— Você subestima muito o seu pai, Alexa. Ele não só é cheio de truques, mas também conhece Bridewell e todos os seus lugares ocultos muito bem. Quando nós partimos, ele já estava no subterrâneo, nos túneis secretos, aguardando a sua chegada. Eu disse a ele que jamais traria você de volta para cá com todos esses monstros ocupando o lugar, mas ele estava bem certo de que você voltaria, eu querendo ou não.

— Alguém ficou com ele, ou ele está completamente só? — inquiri.

— Temo que ele esteja sozinho, Alexa. Seu pai foi muito convincente ao se assegurar de que todos os meus guardas tivessem sido mandados para fora. A decisão foi tomada por ele, e ele não queria que mais ninguém corresse perigo.

Pela primeira vez, eu me arrependi das minhas ações. Eu fiz o meu pai se expor a um perigo terrível.

Nicolas falou como se tivesse lido os meus pensamentos.

— Há algumas coisas que você ainda precisa entender, Alexa; coisas que, na minha opinião, ficarão claras nos dias que estão por vir. Mas você pode ter certeza de uma coisa: James Daley está fazendo exatamente o que deve ser feito agora, assim como o resto de nós, incluindo você.

Murphy pulou nos meus braços e me disse:

— Apenas pense, Alexa. Você verá o seu pai de novo nesta mesma noite!

Pervis parecia muito interessado em Murphy, e o capitão da guarda se aproximou.

— Eu andei prestando atenção em vocês dois o dia todo. É realmente verdade o que me disseram? Você pode entender o que essa criaturinha está dizendo com todos esses guinchos e barulhos?

Murphy se retorcia e pulava, continuando a se agitar em meus braços.

— Ele disse que estava fuçando a sua bolsa mais cedo e viu um saco de castanhas — eu afirmei. — Ele queria comer algumas e perguntou se você poderia gentilmente cedê-las.

Pervis pareceu impressionado, tirou o saco de castanhas da bolsa e puxou uma bem grande de dentro dele.

— Aqui está, amiguinho — ele disse. — Isto deverá mantê-lo ocupado algum tempo. — Enquanto Murphy roía a castanha, Pervis balançou a cabeça. — Incrível. Eu achei que Nicolas estava pregando uma bela peça em mim. Você realmente *pode* falar com os animais, então.

— Vamos fazer disso um segredo só entre nós que estamos aqui, está bem? — pedi.

Pervis assentiu enquanto mastigava um punhado de castanhas.

— Mal posso esperar para chegar em Bridewell — comentei, pensando apenas em meu pai e Yipes. — Mais uma hora e poderemos nos mover com segurança na escuridão.

Eu olhei para Armon. A sua figura enorme lançava uma sombra grande o suficiente para que todos nós fôssemos cobertos por ela. Eu sabia que ainda teríamos que encarar o problema do enxame negro. Olhei para o céu, tentando instintivamente ouvir o som de asas coriáceas ao vento, mas tudo que ouvi foi um silêncio absoluto.

Passamos a hora antes do anoitecer fazendo planos, sentados em círculo comendo e bebendo, ganhando forças para a longa noite que tínhamos pela frente. Nicolas tinha trazido pão e carne recém-cozida, além de uma pequena bolsa de couro cheia de balas — algo que eu não via há muito tempo. Foi particularmente delicioso observar Murphy roendo as balas, com os olhos esbugalhados com o sabor, sendo lançado num ataque de falação e correria devido ao açúcar.

— Ele é sempre assim? — Pervis indagou.

Nós ficamos observando enquanto Murphy farejava tudo e disparava à nossa volta num ataque de hiperatividade, em seguida correndo pelo flanco de Armon e dardejando por entre os ombros do gigante.

— Nem sempre, mas na maior parte do tempo, sim — afirmou Armon, com um tom agradavelmente afetivo na voz.

Ficou decidido que Armon era grande demais para caber ou se esconder nos túneis enquanto estivéssemos cuidando dos nossos negócios em Bridewell. Ele contornaria a cidade secretamente e nos encontraria em um lugar que eu conhecia na floresta. Era um lugar do meu passado, do outro lado de Bridewell, o campo banhado com a luz da lua que Ander, o urso, chamava de lar, onde o conselho da floresta se reunia. Armon disse que ele sabia como encontrar o lugar. Eu apenas esperava que nós conseguíssemos resgatar Yipes, para que ele pudesse me ajudar a lembrar como se chegava lá.

Fiquei observando Armon enquanto ele se afastava, deslizando de volta à escuridão de onde o gigante tinha vindo para nos salvar há apenas alguns dias. Eu não tinha percebido o quão reconfortante era a presença dele, e um vazio terrível ocupou meu coração quando ele desapareceu. Desejei então que tivéssemos inventado um outro plano, no qual Armon pudesse permanecer conosco.

— Precisamos seguir em frente — Odessa comentou. — Já estamos descansando aqui há bastante tempo.

Ela avançou pelo túnel diante de nós, e o restante do grupo a seguiu. Não demorou muito para que Murphy estivesse bem na frente, disparando de um lado para o outro da trilha.

— Ele é um bom vigia — eu disse. — Ele nos dirá se houver algum perigo oculto adiante.

Felizmente, não tivemos nenhum problema ao longo da trilha e logo chegamos numa clareira, de onde as muralhas de Bridewell eram visíveis sob a luz das tochas nas tendas para observação. Havia um certo fedor no ar, um cheiro podre sendo carregado pelo vento. A lua estava pouco além do quarto crescente no céu, e eu podia perceber a silhueta de algo bem grande de pé na torre da muralha que estava mais próxima de nós. Um dos ogros estava montando guarda.

— O túnel subterrâneo pelo qual precisamos passar fica para aquele lado — apontei para a minha direita. Na fraca luz do luar, eu pude ver onde ele estava, a apenas 30 metros de distância.

— Vamos ter de avançar lentamente, em terreno aberto, para alcançá-lo — continuei. — Mas há algo que eu não lhes contei antes.

Pervis e Nicolas se entreolharam como se já esperassem que eu fosse dizer algo do tipo.

— Vocês dois terão de esperar aqui com Odessa — expliquei. — A entrada do túnel é muito estreita, só eu e Murphy poderemos passar.

— Eu não permitirei isso — discordou Pervis, subitamente agindo como se eu o tivesse enganado para que me trouxesse até aqui. — Eu prometi ao seu pai que não permitiria que você voltasse para cá, então já estou metido em problemas. Não posso deixar que você vá sozinha, Alexa. Se alguma coisa lhe acontecer, eu jamais me perdoarei.

Eu esperava tal reação e havia planejado minha resposta cuidadosamente enquanto caminhávamos pela noite. Estava a ponto de contar uma mentira verdadeiramente horrível, e que poderia significar o meu fim. Mas eu não conhecia nenhuma outra forma de resgatar Yipes a não ser me esgueirando de volta a Bridewell pela pequena abertura que nós dois tínhamos usado para escapar a caminho de Castalia.

— Você sabe o que está dentro desta bolsinha? — perguntei a Pervis, segurando a bolsa com o Jocasta diante dele.

— Só sei que o que você carrega é muito importante, e que apenas você deverá carregá-la — foi a resposta dele.

— Esta é a última das Jocastas. É ela que me dá o poder de entender o que Murphy e Odessa dizem; e é ela que possibilita que eu ouça outras vozes também, vozes ao vento.

— Elyon? — Pervis sussurrou, incrédulo. Eu assenti com a cabeça, e então contei a minha mentira.

— Elyon me disse para entrar na cidade por um buraco que eu e Yipes usamos para fugir em segredo. Como falei antes, ele é pequeno demais para qualquer um de nós, a não ser Murphy e eu. Então eu *tenho* que deixar o resto de vocês para trás.

— O quê? — Pervis murmurou, um pouco mais alto do que deveria. Todos agachamos nos arbustos e eu observei a torre, mas nada pareceu se mover perto da chama na muralha.

— Lamento, Pervis, eu realmente lamento; mas nós temos que fazer isto da maneira que eu fui ordenada.

Pervis balançou a cabeça para frente e para trás e olhou para Nicolas em busca de apoio, mas parecia que eu tinha convencido o filho de Warvold de que esta era a única maneira de seguir em frente.

— James estará lá embaixo esperando por ela — Nicolas afirmou. — Ele ficará bravo com você, mas Alexa o terá para protegê-la. Só pelo fato de Grindall não saber nada sobre os túneis sob a cidade eu já fico feliz.

— Eu não poderia caber no buraco? — Pervis perguntou. — Não sou muito maior que você, Alexa.

Eu realmente não tinha pensado nisso, e comecei a considerar a possibilidade.

— Acredito que você não passará, mas não estou completamente certa disso.

— Vou com você. Quero pelo menos tentar.

Eu sabia, ao olhar para Nicolas, que ele jamais caberia, e Odessa era uma loba tão grande que eu nem podia imaginá-la chegando ao lado de dentro. Mas Pervis era um homem pequeno, e ele estava extremamente determinado a me proteger. Era pouco provável que ele conseguisse entrar, mas eu tinha que permitir que ele tentasse.

— Vocês esperam aqui — Pervis ordenou a Nicolas e Odessa. — Se eu não conseguir entrar, estarei de volta em alguns minutos. Se eu couber lá dentro... — Pervis fez uma pausa enquanto pensava. — Bem, suponho que vocês deveriam esperar aqui para ver se nós retornaremos ou não com James e Yipes.

Parecia que aquele plano poderia levar algum tempo sendo posto em prática; e nós não tínhamos tempo algum para ficarmos sentados nas Colinas Sombrias tentando fazer outros planos. Eu comecei a andar silenciosamente em direção ao buraco. Murphy pulou na minha frente, dardejando de um lado para o outro. Pervis sussurrou meu nome, mas eu continuei avançando, com certeza de que ele estava logo atrás de mim quando alcancei o buraco e olhei para dentro.

— Aí está — anunciei. — Eu vou na frente. Se você ficar entalado como uma rolha, não quero ficar aqui fora tentando soltá-lo. — Foi uma piadinha modesta, mas Murphy não conseguia parar de rir. Isso me lembrou novamente que não deveria nunca mais dar doces a ele.

Eu segui Murphy pelo pequeno buraco no chão e me arrastei até o fundo, onde as tábuas tinham sido recolocadas. Fiquei com os ouvidos alertas a qualquer barulho que pudesse haver do outro lado e, não escutando nada, empurrei as tábuas com as mãos e caí dentro da sala. Não havia ninguém no aposento, e tudo estava completamente escuro. Eu percebi tarde demais que tinha cometido um erro grave. Não havia luz, e eu não trouxera nenhum lampião ou tocha comigo.

— Pervis! — eu chamei num sussurro, temendo que Grindall ou um dos ogros pudesse ter descoberto este lugar. Seria difícil para um ogro circular pelos túneis, mas não seria impossível se ele tivesse encontrado alguma outra entrada.

Tateei pela sala e ouvi atentamente enquanto Pervis lutava para descer pelo túnel estreito. Era tarde demais para mim, pois ele já tinha começado sua descida. Se ele ficasse preso, passaríamos uma longa e escura noite tentando tirá-lo dali.

— Ah, céus — disse Pervis, e eu tive a clara impressão de que ele tinha ficado entalado no túnel. Eu coloquei os braços no buraco e tentei achar as mãos de Pervis. Consegui tocar os seus dedos, mas só de leve, então não pude puxá-lo para dentro da sala. Ele estava realmente entalado.

Eu me virei e me sentei encostada na parede, com Murphy pulando no meu colo. Eu não podia vê-lo; eu não conseguia ver nada. Pervis estava preso no buraco, e eu não podia ajudá-lo ou mesmo ver o caminho à minha frente. As coisas não estavam indo muito bem, e enquanto fiquei sentada me perguntando o que fazer, elas conseguiram ficar ainda piores.

Vinda de algum lugar, por um túnel distante, uma luz seguia em minha direção, tremeluzindo e balançando para frente e para trás como se o que a carregasse estivesse correndo de uma forma desajeitada. Teria Grindall sabido da existência deste lugar o tempo todo, e esperado a minha chegada?

Estava tão escuro que eu não pude ver Murphy quando ele saltou do meu colo e farejou o ar.

— É melhor a gente se esconder — ele aconselhou. — Algo cheira muito mal... e está vindo para cá.

Senti calafrios subindo pelos meus braços magros. Eu choraminguei baixinho quando Murphy esbarrou nas minhas pernas e subiu de volta para o meu colo. Estávamos presos, e não podíamos nem ao menos ver o suficiente para nos escondermos. Tudo que podíamos enxergar era a luz refletida nas paredes ao longe, infelizmente se aproximando.

CAPÍTULO 9

SAINDO DAS TREVAS

— Pervis — chamei num sussurro. — Você precisa sair! Você precisa voltar.

À medida que a luz se aproximava eu pude ver um pouco do espaço a minha volta. A tábua que tínhamos empurrado para dentro da sala jazia ao meu lado. Ao vê-la, eu percebi que havia apenas um lugar onde nós poderíamos nos esconder do que quer que estivesse vindo em nossa direção.

— Estou realmente entalado, Alexa — disse Pervis, sussurrando de dentro do buraco.

— Está tudo bem, apenas fique quieto. Vamos entrar aí com você.

— O quê?

Não houve tempo para responder enquanto eu pegava a tábua e a colocava de pé ao lado do buraco. Murphy pulou para dentro primeiro.

— Vamos, Alexa, depressa! — Murphy guinchou.

Eu fiquei de quatro sobre as mãos e joelhos, com os pés virados para a abertura. Foi algo um tanto desajeitado, mas eu consegui entrar de ré no buraco, colocando os pés primeiro. Então, deitada ali, eu peguei a tábua e a puxei de volta para o seu lugar sobre o buraco no mesmo instante em que a luz alcançou a sala.

Pervis ficara tão perto que os meus pés estavam bem em cima do seu rosto, e tive a sensação de que provavelmente apertava meu calcanhar no nariz dele. Murphy fazia de tudo para ficar parado próximo às minhas pernas, mas permanecer imóvel era algo muito difícil para ele. Os sacolejos do esquilo faziam cócegas na parte de trás dos meus joelhos, e tive que me esforçar para não mover as pernas em reação.

Eu não podia ver nada dentro da sala uma vez que a tábua estava de volta no lugar, e me preocupava o fato de as minhas mãos começarem a fraquejar ao segurá-la e eu comecei a escorregar para frente de pouquinho em pouquinho. Murphy se apertou passando entre as minhas costas e o túnel e avançou até ficar do lado da minha cabeça, onde farejou o ar.

— Não se preocupe — ele sussurrou na minha orelha. O esquilo se encostou na tábua e a empurrou para o aposento. Metade do meu corpo caiu para fora do buraco, olhando fixamente para o chão diante de mim, esperando que o ogro atacasse.

Dois braços me seguraram pelo tronco e me ergueram de dentro do buraco. Abri os olhos e observei, incrédula.

Era o meu pai, com um grande sorriso no rosto. Ele me puxou para um abraço caloroso.

— Papai! — exclamei. Foi tudo que consegui dizer. Eu simplesmente tateei os grandes braços dele e me soltei para olhá-lo novamente. Era realmente ele, me admirando com uma expressão de espanto no rosto, feliz em me ver sã e salva.

— É incrivelmente bom vê-la novamente, Alexa — ele disse ao me colocar no chão, e então se abaixou sobre um dos joelhos. — Tive pensamentos dos mais terríveis nesses últimos dias. Mas você está bem, afinal.

— Por enquanto, pelo menos — afirmei. Não tive a coragem de lhe contar que eu temia haver muito mais coisas para eu fazer antes que pudesse me considerar segura novamente.

— Quais são as chances de alguém me ajudar a sair daqui? — Pervis chamou, ainda lutando para sair do lugar onde ele tinha entalado solidamente.

— É Pervis, ele está preso ali. — Apontei para o buraco, e meu pai enfiou a cabeça na abertura escura.

— É você que está aí, Pervis? Todas aquelas porções extras de batata finalmente se vingaram de você.

— Muito engraçado — Pervis respondeu.

— Eu realmente deveria deixá-lo aí, já que você deliberadamente desobedeceu às minhas ordens de não trazer Alexa até aqui.

— Ela me obrigou a trazê-la! — ele gritou, desesperado.

Meu pai olhou para mim.

— É verdade que ela pode ser bem persuasiva às vezes. Mas ainda assim, acho que vou deixá-lo aí dentro por algum tempo. Talvez isso sirva de lição para o caso de você ser tentado a me desobedecer novamente.

Papai estava brincando com ele. Eu comecei a sentir pena de Pervis, entalado ali daquela maneira.

— Pai, Yipes está em Bridewell. Ele é um prisioneiro de Grindall, e nós viemos salvá-lo. Esse foi o único motivo para o meu retorno.

O comentário pareceu deixar meu pai sério novamente. Ele imediatamente pôs os braços no buraco, segurou as mãos de Pervis e o puxou com força.

— *Aaaaiiiii!* — Pervis gritou.

Papai o soltou e espiou o interior do buraco.

— Você está realmente preso, não está?

— Eu acho que me movi um pouco quando você puxou agora — foi a resposta de Pervis. — Tente novamente.

Meu pai segurou Pervis pelas mãos mais uma vez e puxou com toda a força que tinha. Pervis gritou quando pulou para fora do buraco, dando cambalhotas e aterrissando em cima do meu pai. Os dois acabaram cobertos de terra no chão do túnel.

— Obrigado! Eu nunca mais vou lhe desobedecer.

— Saia de cima de mim, Pervis — meu pai ordenou.

Pervis rapidamente se levantou num pulo e ofereceu a mão para ajudá-lo. Os dois se limparam da terra e nós três permanecemos ali, de pé na fraca luz do túnel, enquanto Murphy corria pela sala.

— Como aquele esquilo chegou aqui? — papai perguntou.

Murphy guinchou e guinchou. Ele estava se desculpando, dizendo que tinha farejado algo diferente e que achou que fosse um ogro. No fim, era apenas o meu pai, que não tomava banho já há alguns dias, e estava com um cheiro meio forte.

— Está tudo bem, Murphy. Eu poderia ter cometido o mesmo erro — falei para tranqüilizá-lo.

— Por que você está falando com esse roedor? — papai indagou.

— É uma longa história, mas ele disse que você está cheirando mal e que precisa de um banho.

Meu pai se abaixou e encarou o focinho de Murphy.

— Podemos discutir isso depois? — eu implorei. — Temos que achar Yipes antes que seja tarde demais.

Papai pareceu achar que esta fora uma sugestão sensata, mesmo que continuasse desconfiado de Murphy e curioso quanto ao que estava acontecendo.

— Tudo bem, então. Pode seguir com sua diversão, mas você não vai lá para cima. É perigoso demais com todos esses ogros por aí. Eu irei.

Eu não estava certa do que deveria fazer. Não poderia deixá-lo chegar perto de Victor Grindall. Era perigoso demais.

Ele irá pelo caminho do pátio. Você deve deixá-lo ir.

Era a voz, mais uma vez me dizendo algo que eu não queria ouvir. Como eu poderia mandar o meu próprio pai para o lugar onde os monstros estavam à espreita; monstros que já tinham tomado John Christopher de mim?

— Nós dois iremos — Pervis decidiu, olhando alternadamente para mim e para o meu pai. — Nós dois poderemos salvá-lo enquanto Alexa nos espera aqui embaixo.

Papai olhou para Pervis sob a penumbra do túnel, e os dois pareceram concordar que aquela era a melhor maneira de as coisas serem feitas.

— Eu desci para os túneis pela entrada dos guardas que fica oculta no pátio — papai nos contou. — Estive escondido aqui embaixo desde que Grindall chegou, então eu não sei onde eles estão. Vamos voltar pelo caminho por onde entrei e observar por aí para descobrir onde eles podem estar mantendo Yipes. Aposto que eles o colocaram em uma das celas de prisioneiros no porão do Alojamento Renny. Devemos conseguir nos esgueirar até lá a essa hora para dar uma olhada.

— E se houver um ogro de guarda no porão? — eu indaguei.

Pervis e meu pai se entreolharam e deram de ombros.

— Cuidaremos desse problema quando ele aparecer — papai afirmou. — Se não pudermos resgatá-lo, pelo menos saberemos onde ele está. Isso já é um primeiro passo.

Papai nos guiou pelos túneis até uma outra sala, onde ele tinha guardado alguns suprimentos e um outro lampião. Ele acendeu o lampião e o regulou para luz baixa, em seguida me dirigindo um olhar bem firme.

— Você fique aqui, Alexa. Não há nada que você possa fazer além de se meter em encrencas se você tentar nos seguir.

Eu assenti e me sentei na cama improvisada, com a esperança de que eles achariam Yipes em algum lugar de Bridewell sem cruzar com nenhum ogro no caminho.

Pervis e meu pai pegaram um dos lampiões e também espadas, que papai tinha trazido consigo para os túneis.

Quando eles se viraram para partir, eu chamei:

— Pai?

— Sim? — Ele se voltou e olhou para mim.

— Por favor, tome cuidado. Se você chegar a ver um ogro, corra pela sua vida. Eles são impossíveis de se derrotar. — Eu sabia que os ogros podiam ser vencidos, mas eu queria manter Pervis e meu pai o mais longe possível do perigo. Se meu pai soubesse que uma faca no topo da cabeça podia matar um ogro, ele tentaria fazê-lo o mais rápido possível.

— Não há motivos para se preocupar. Eu tenho Pervis para me proteger — papai respondeu. Pervis entendeu que aquilo era uma piada e lançou um olhar azedo em direção ao meu pai. Eles recomeçaram a andar. Logo a sala estava em silêncio; até mesmo Murphy permanecia imóvel como uma estátua. O próprio ar parecia estar paralisado.

Vá até a biblioteca pelo seu caminho de sempre.

Eu tinha a sensação de que isso iria acontecer; que eu ouviria a voz novamente, me guiando para um lugar familiar. Todas as estradas pareciam levar de volta à biblioteca e, de alguma forma, eu sabia que resgatar Yipes era uma responsabilidade minha, não do meu pai.

Eu hesitei por um momento e fechei os olhos. Estava escuro e silencioso dentro da minha cabeça, e percebi o quão cansada estava. Balancei a cabeça e abri os olhos esfregando-os com as mãos enquanto me levantava.

— Murphy — chamei. — Você está pronto para mais uma aventura?

— Sempre pronto, Alexa — ele respondeu.

Eu peguei o lampião e comecei a andar em direção à escada que levava até a biblioteca, detrás da minha velha poltrona favorita, um lugar no qual eu tinha desfrutado de tantos dias preguiçosos de leitura e descanso. Murphy corria à minha frente, fazendo o reconhecimento do caminho, e eu estava perdida em meus próprios pensamentos, tentando me lembrar de todos os cantos e nichos da velha biblioteca, das salas do Alojamento Renny, lugares onde eu poderia me esconder e onde eu suspeitava que Grindall poderia estar.

A sala de estar. A sala com a gigantesca parede de pedra e chamas ardendo na grande lareira. Os sofás aveludados e o teto alto. É lá que ele estaria conspirando e planejando tudo, com os ogros esperando nas sombras, próximos a ele, esperando que eu chegasse e lhe entregasse a pedra.

Mas onde ele colocaria Yipes?

CAPÍTULO 10

A BIBLIOTECA

Fizemos uma longa caminhada pelos túneis, que serpenteavam para um lado e para o outro, até que chegamos ao pé da escada, olhando para cima, nas sombras. Eu parei por um longo e silencioso momento para pensar em todos os eventos que aconteceram no transcorrer daquele dia. Havia mais perguntas do que respostas, e minha cabeça estava tomada por uma ansiedade intensa. Onde estariam Warvold e meus outros amigos? O que meu pai estaria encontrando pelo caminho? Aonde esta aventura nos levaria? Onde estaria Yipes? De pé ali, no começo da escada, eu logo percebi que a única maneira de encontrar as respostas para qualquer uma de minhas perguntas era seguir adiante com a jornada. Parar só me deixava mais cansada, rodeada por meus próprios pensamentos. E, assim, eu subi.

Chegamos ao topo da escada. Eu estava a ponto de abrir o alçapão que levava à biblioteca. Murphy estava sentado no meu ombro, feliz, imaginando o que poderia estar nos esperando do lado de dentro.

— Você está pronto para morder alguns ogros? — perguntei.

— Mal posso esperar — Murphy era um esquilinho bobo, mas ele certamente era corajoso.

— Lá vamos nós, Yipes — eu sussurrei. — Prepare-se para ser resgatado por uma bola de pêlos e uma garotinha magricela de 13 anos.

Eu virei a tranca, fazendo um clique silencioso. Então a portinhola se abriu para dentro da escuridão do túnel. Ela não rangia mais ao se abrir; Pervis tinha cuidado disso no verão passado quando ele a descobrira e me proibiu de usá-la novamente. Apesar de ter ficado com a chave e nunca usar a porta secreta, ele não pôde deixar de consertar as dobradiças enferrujadas.

Minha poltrona favorita continuava no seu lugar de sempre, com a parte de trás encostada no alçapão, escondendo a porta de entrada para todas as minhas aventuras. A biblioteca estava com um cheiro meio "ogresco", mas não estava forte o bastante para eu achar que poderíamos encontrá-los sentados por ali, lendo livros. Este era, provavelmente, o último lugar que eles escolheriam para passar o tempo.

Eu coloquei as mãos nas costas da poltrona e me preparei para empurrá-la para frente, para que pudéssemos entrar na biblioteca.

— Espere — Murphy sussurrou. Ele estava bem ao lado da minha orelha, então pude ouvir e ficar imóvel imediatamente. Alguma coisa estava por perto.

Um pé calçado em uma bota de couro bateu no velho piso de madeira da biblioteca, seguido por um segundo pé. Aqueles pés tinham estado apoiados na caixa onde eu mesma apoiara meus próprios pés tão freqüentemente. As botas não eram enormes, como as de um ogro, e elas tinham anéis de prata que tilintaram ao atingir as tábuas do assoalho. Um livro foi colocado pesadamente sobre a caixa de madeira diante da poltrona, e quem quer que fosse que estivesse ali se levantou, avançou até a única janela do aposento e grunhiu. Uma corrente chocalhou no chão enquanto ele andava.

— Onde ela está? Onde está aquela garota insolente com a minha pedra?

Era Victor Grindall que tinha estado sentado na minha poltrona, lendo os meus livros e apoiando os pés na minha caixa de madeira. Fiquei muito feliz com o fato de Pervis ter posto óleo nas dobradiças da portinhola! Murphy e eu permanecemos totalmente parados, esperando para ver o que Grindall iria fazer.

Eu continuei ouvindo com atenção quando ele se jogou de volta na poltrona e pegou o livro novamente, folheando-o ao botar os pés de novo sobre a caixa.

— Ela terá que aparecer até amanhã do contrário eu terei que jogá-lo pela janela — ameaçou Grindall, com sua voz malvada ecoando pelas paredes da biblioteca. — Essa não é uma má idéia, na verdade. Estou farto de lhe carregar por aí.

— Você deveria me jogar agora. Ela não virá aqui. Alexa é esperta demais para pôr a pedra em risco. — Era Yipes! Ele estava na sala. Pelo som, ele parecia estar sentado no parapeito da janela.

Grindall riu alto, uma gargalhada horrenda que me deixou tão furiosa que minha vontade era empurrar a poltrona e atacá-lo. A corrente chocalhou no chão novamente enquanto Grindall brincava com ela nas mãos.

— Ah, ela virá. Tenho quase que total certeza disso. E quando ela vier, eu matarei vocês dois — ele riu novamente e pareceu se acomodar na poltrona. Eu queria poder ver Yipes, para saber se ele estava bem.

— Os dois devem estar acorrentados um ao outro — Murphy sussurrou novamente ao meu ouvido. — Por que eu não me esgueiro por baixo da poltrona para averiguar o estado em que nosso amigo se encontra?

Isso pareceu uma boa idéia. Havia espaço mais que suficiente para Murphy se arrastar por debaixo da poltrona e dar uma espiada em Yipes no parapeito. Eu o peguei nas mãos e o coloquei cuidadosamente no chão da biblioteca. No início ele hesitou, mas então ele se esgueirou lentamente até a borda da poltrona e olhou na direção do parapeito.

— Alexa tem muitos aliados — Yipes afirmou. — Alguns grandes, outros pequenos, e todos com muito mais coragem do que qualquer um dos seus ogros.

Com suas palavras cuidadosamente escolhidas, Yipes estava nos enviando um sinal de que ele tinha visto Murphy.

— Cale-se! — Grindall retrucou. — Se você não mantiver a boca fechada enquanto estou lendo, eu vou acorrentá-lo a um ogro, em vez de a mim. Quando eles ficam com fome, eles não se dão ao trabalho de perguntar se podem comer o que quer que esteja acorrentado à perna deles.

Murphy estava de volta ao meu ombro, se retorcendo e se remexendo, tentando ficar calmo e quieto enquanto sussurrava no meu ouvido.

— Ele está sentado no parapeito, dentro de uma gaiola que está acorrentada a Grindall. A gaiola tem um enorme cadeado. Não vejo como poderíamos libertá-lo.

Enquanto Murphy me dizia isso, um som de passos que pareciam ser de uma criatura enorme e pesada preencheu a biblioteca. O chão balançou e rangeu enquanto a criatura se aproximava. O cheiro chegou antes do monstro, e minhas narinas foram invadidas por aquele fedor horrendo de carne apodrecida. Um ogro estava se aproximando, e ele parecia estar com pressa.

Quando o monstro dobrou o corredor, eu pude ver seus imensos pés perto de Grindall, calçados em botas de couro extremamente gastas. Os pés, sozinhos, já eram o suficiente para me assustar.

— O que foi agora? — inquiriu Grindall, irritado.

O ogro grunhiu e chiou, e os gorgolejos da voz dele eram um lembrete aterrorizante do que aconteceria a Armon se o enxame negro viesse a encontrá-lo algum dia.

— Interessante — Grindall respondeu. — Você tem certeza de que farejou alguma coisa? Alguma coisa fora do comum?

O ogro falou novamente, empolgado, enquanto os pés de Grindall caíram ruidosamente da caixa de madeira para o piso diante de mim.

— Ela está aqui, então, no alojamento, procurando pelo amiguinho — Grindall comentou. — Bem, vamos nos assegurar de que ela o encontrará, não vamos?

Grindall se levantou, e eu ouvi o som da corrente chocalhando e de uma chave sendo inserida numa fechadura.

— Vou procurar por ela, e quando eu encontrá-la, a trarei para cá — Grindall afirmou. O ogro parecia estar enrolando a corrente em sua enorme cintura. O cadeado estava se fechando novamente.

— Não o coma! Eu quero que ela esteja assistindo quando nós acabarmos com o amigo dela.

Grindall saiu pela biblioteca batendo os pés, e logo seus passos se perderam na distância. O ogro farejou o ar em torno dele enquanto eu fechei a portinhola silenciosamente, trancando-nos do lado de dentro. Eu desci uns sete ou oito degraus na escada e esperei, com o lampião do meu lado emitindo uma luz fraca.

De onde eu estava, mais abaixo no túnel, eu ainda podia ouvir o ogro farejando o ar, procurando por algo que não parecia estar muito certo para ele. Eu ouvi enquanto ele pegou a poltrona e a empurrou para frente, tirando-a de seu caminho. Então houve um barulho como se a poltrona tivesse virado, e ela provavelmente estava caída de frente, no chão de madeira da biblioteca. As correntes chocalharam mais uma vez e o ogro grunhiu, mas ele pareceu acreditar que não havia nada atrás da poltrona além da parede. Em seguida ele foi até o parapeito da janela mostrando interesse em Yipes. Eu torci para que ele não arrombasse a gaiola e não fizesse um banquete do nosso amigo.

Subi a escada novamente e fiquei ouvindo junto à porta secreta, sem saber o que fazer. Eu me perguntei onde estavam Pervis e o meu pai, se eles estavam a salvo ou se teriam sido capturados. Era difícil imaginar uma sensação de perigo mais forte do que a que eu estava sentindo ali, me equilibrando naquela escada. Tudo o que queria era estar em casa, junto ao mar, consertando livros, com o meu mundo de volta no lugar.

Com a poltrona longe da parede, eu não poderia abrir a portinhola novamente sem ser vista. Estava num beco sem saída, onde meu amigo se encontrava trancado numa gaiola e acorrentado a um ogro, e um esquilo empolgado era o meu único ajudante. Enquanto fiquei ali ouvindo, concluí pelos sons que o ogro tinha se sentado no chão da biblioteca, próximo à janela, grunhindo e fungando, com a respiração difícil soando como se seus pulmões fossem esponjas.

Yipes começou a provocar o monstro enquanto ele estava recostado na parede, uma atitude que eu não consegui compreender. Ele não sabia que corria o risco de ser comido ou pisoteado se ele irritasse o ogro?

— Eu tenho muitos amigos, sabe, mais do que Grindall poderia manter sob vigilância.

O ogro apenas gargarejou e grunhiu para Yipes, como se estivesse mandando-lhe calar a boca.

— Alguns dos meus amigos são pequenos, mas outros são *grandes*, tão grandes quanto você.

O ogro roncou novamente, num tom mais feroz dessa vez, batendo com a mão poderosa na parede de pedra. Eu desejei poder ver o que estava acontecendo.

— Há inclusive lugares secretos, lugares dos quais vocês nem sonham em caber. Esconderijos até mesmo nesta biblioteca.

O que Yipes estava fazendo? Era como se ele estivesse tentando nos fazer desistir, nos afastar para que não corrêssemos perigo. A única explicação que passava pela minha cabeça era que ele queria que a gente fosse embora e tocasse o nosso plano sem ele. Mas Yipes tinha que saber que, uma vez que eu estava tão perto daquele jeito, eu jamais poderia deixá-lo para morrer nas mãos de Victor Grindall.

O ogro estava de pé novamente, grunhindo alto e balançando a gaiola no parapeito, com certeza chacoalhando Yipes. Em seguida o monstro riu, uma risada meio gargarejante que acabou se tornando uma tosse. Eu ouvi a corrente se chocando na parte externa da muralha e soube naquele exato instante que o ogro tinha derrubado Yipes para fora da janela, de onde ele ficou pendurado pela corrente, dentro da gaiola. O ogro estava se divertindo, balançando o pobre Yipes para um lado e para o outro no ar noturno.

— Eu não faria isso se fosse você. Grindall não ficará nada feliz se você me ferir — Yipes afirmou. Eu mal podia ouvi-lo através da portinhola e das pedras da parede externa. — Além disso, se você ficar virado de costas para a biblioteca, você corre o risco de alguém *abrir uma portinhola* e saltar em você!

O que ele estava pensando? Será que ele queria que eu abrisse a passagem secreta por algum motivo que eu não podia imaginar? Eu não conseguia entender o que Yipes estava tramando, e continuei na escada, completamente confusa com o que acontecia a menos de um metro de distância.

O ogro deu um puxão na corrente, trazendo Yipes de volta para a sala, e bateu com a gaiola de volta no parapeito, chacoalhando-a sem a menor pena.

— Confie em mim! — Yipes gritou.

O ogro estava ficando cada vez mais furioso quando eu estendi minha mão trêmula para o trinco e o segurei. Eu o girei imediatamente e ouvi o clique baixinho dos metais se chocando.

E então eu abri a porta secreta.

CAPÍTULO 11
A CORRENTE PENDENTE

Quando a portinhola oculta se abriu, o ar da biblioteca imediatamente invadiu o túnel. Era um fedor maléfico, tão forte quanto uma nuvem sombria que envenenava tudo por onde passava. Eu finalmente pude ver a cena que tinha previamente apenas imaginado. A cadeira tinha caído para o lado, empurrada para o canto. O ogro estava no parapeito, chacoalhando a gaiola com Yipes dentro. A corrente envolvia a cintura do ogro, fechada com um cadeado e com a outra ponta presa à gaiola, na qual Yipes quicava de um lado para o outro.

— Veja só, ali — Yipes disse, apontando na minha direção enquanto era jogado para todos os lados dentro da pequena gaiola. — Eu lhe disse que havia lugares secretos.

Inacreditável! Eu comecei a achar que Yipes tinha enlouquecido devido aos longos dias na companhia de Victor Grindall e seus ogros.

No começo o ogro achou que fosse um truque, e não quis me olhar, mas a curiosidade logo o dominou. O ogro se virou e olhou em minha direção, minha cabeça e meus ombros totalmente à vista, e por um momento ele pareceu não acreditar nos próprios olhos. Ele balançou a cabeça da mesma maneira que tinha balançado a gaiola, lançando glóbulos de baba grossa pela sala. Eu estava paralisada de pavor, incapaz de me mover, enquanto observava Murphy disparando entre nós, até o parapeito.

O ogro não prestou nenhuma atenção no esquilo ao dar as costas para Yipes e cacarejar na minha direção. Em seguida ele veio atrás de mim, um grande prêmio para o mestre dele, perfeitamente a seu alcance.

Quando ele se virou, a corrente o seguiu arrastando no chão como uma cobra negra, se estendendo atrás dele até terminar na gaiola. A janela onde o ogro estivera subitamente foi preenchida por uma grande sombra, mas meu ângulo de visão foi logo bloqueado quando o ogro se inclinou sobre mim e estendeu sua horrível mão para me pegar. Estava assustada demais para pensar, assustada demais até para tentar fugir. Eu simplesmente esperei que o monstro me puxasse para a sala e me levasse até Grindall. Uma sensação familiar de desespero e fracasso me invadiu enquanto a última Jocasta estava a ponto de ser tirada de mim e colocada nas mãos do meu inimigo. Eu já podia ouvir a risada de Victor Grindall ecoando pelo Alojamento Renny.

O que aconteceu em seguida foi praticamente um borrão, algo que senti mais do que vi. Foi tudo muito rápido e sem aviso. Eu ouvi o som de correntes se partindo e da gaiola caindo no chão, o que fez o ogro dar as costas para mim logo quando ele ia pôr as mãos no meu ombro e me arrastar para dentro. O ogro foi puxado violentamente para trás em direção à janela, pela corrente amarrada em sua cintura. Ele fez um som horrível quando a corrente se esticou e o puxou, soltando líquidos nojentos junto com um grande uivo fungado. O ogro estava atordoado mas não destruído e, quando olhei para cima vi, absolutamente incrédula, que foi Armon quem entrou pela janela. Ele agarrou o ogro e o jogou contra a parede, e depois o arrastou até a janela e o atirou para fora.

Armon retribuiu meu olhar, por um momento, e então sorriu. Em seguida ele também foi até a janela para encarar o ogro que estava lá fora. Eu pulei de onde estava para dentro da sala à medida que Armon saiu do meu campo de visão. Avançando até a janela, vi Armon acabar com o ogro e correr para a muralha. Foi então que ouvi não um, mas dois sons horripilantes.

O enxame negro estava vindo de algum lugar acima de nós, e então pude ver Armon escalar a parede coberta de hera sob o céu noturno, tentando deixar para trás o som furioso de asas de morcegos no ar. Ele foi tão rápido que precisou apenas de um momento para chegar até o topo. O gigante não teve tempo para olhar para nós, que estávamos logo atrás, ao pular para o outro lado e sumir. Eu fiquei ouvindo enquanto os morcegos surgiam acima. Observei as estrelas desaparecendo, até a noite tornar-se completamente negra por conta da grande massa voadora de criaturas sombrias. Eles sobrevoaram a muralha, indo atrás de Armon. Eu tremi de medo por ele.

Tive pouco tempo para me preocupar com isso, pois outro barulho surgiu quase que ao mesmo tempo que o enxame negro. Era Grindall adentrando a biblioteca acompanhado de seus ogros, com a voz completamente tomada pela fúria.

Yipes, sentado na gaiola aos meus pés, disse apressado:

— Alexa, agora seria uma boa hora para nós sairmos daqui.

— O que poderemos fazer? Estamos presos! — exclamei.

— Pegue a gaiola e me leve para o túnel. Rápido, agora!

Eu fiz o que ele mandou, carregando a gaiola pesada, com a ponta partida da corrente fazendo barulho atrás de mim, até que alcancei a abertura. Corri na frente da gaiola e passei pela porta secreta, então me segurei na escada e puxei a corrente, sem saber se seria capaz de agüentar o peso de Yipes com apenas um braço. Murphy, que estava se segurando com as garras no lado de fora da gaiola, veio para dentro do túnel junto com Yipes.

A gaiola caiu livre rumo à escuridão abaixo de mim, e eu gani de dor quando todo aquele peso esticou a corrente por completo, quase me arrancando inteira da escada e me lançando ao ar. A corrente escorregou rapidamente por entre meus dedos por uns sete ou oito elos, e então reduziu a velocidade quando eu apertei a mão com mais força, finalmente fazendo Yipes parar, balançando de um lado para o outro abaixo de mim.

Toda a força do meu corpo foi necessária para não soltar Yipes. Murphy pulou da gaiola e se segurou na escada à medida que a corrente começou a escorregar lentamente pelos meus dedos outra vez. Yipes estava pendendo bem alto sobre o chão, e eu estava a ponto de soltá-lo.

Pude apenas ouvir e assistir às coisas se desenrolarem ao meu redor, completamente fora do meu controle. A portinhola secreta ainda estava totalmente aberta, nos revelando para qualquer um que olhasse naquela direção. Grindall e os ogros estavam a ponto de virar a última curva, mas eu não tinha como fechar a porta; eu me segurava na escada com uma das mãos e sustentava a gaiola com a outra. Eu estava completamente incapaz de ocultar a nossa fuga. No mesmo momento em que Grindall alcançou a sala, Murphy pulou até o alto da escada. Ele se segurou na portinhola que balançava livre dentro do túnel, e em seguida empurrou a parede com a cauda. Murphy estava agarrado à parte de trás da pequena porta e, quando ele impulsionou com a cauda, a porta se fechou. Eu vi pela última fresta de luz quando Grindall e os ogros surgiram, furiosos.

Tentei desesperadamente não fazer nenhum barulho, mas a corrente estava começando a ferir a minha mão enquanto escorregava lentamente pelos meus dedos. Eu tinha ainda uns 30 centímetros de corrente sobrando enquanto Yipes balançava a pouco mais de um metro abaixo de mim. Eu pude ouvir Grindall e os ogros xingando e gritando numa fúria terrível, tentando entender o que tinha acontecido. Yipes tinha desaparecido, e um ogro estava morto do lado de fora. Eu pude recuperar certa dose de energia, e de alegria, ao pensar no quão furioso Grindall deveria estar diante daquela cena.

— O que aconteceu? — ele berrou. — Eu não entendo!

O vilão gritava pelas janelas, em direção ao céu noturno. Eu nunca o tinha ouvido tão completamente ultrajado.

— É aquela garota. É Alexa — ele afirmou, com a raiva substituída por uma fala lenta e malevolente. — Mas como?

Eu não poderia segurar a corrente por muito mais tempo. Ela começou a escorregar pelos meus dedos mais rápido do que antes, com apenas alguns centímetros restando até que ela se soltasse completamente da minha mão, e Yipes então cairia com um estrondo que certamente iria chamar a atenção de Grindall para a porta secreta.

— Agüente firme, Alexa — Murphy sussurrou. — Só mais um pouquinho.

— Procurem na biblioteca! — Grindall gritou. — Rasguem livro por livro, se for necessário. Se vocês podem farejá-los, eles devem estar escondidos aqui em algum lugar.

Eu fiquei ao mesmo tempo aliviada e com o coração partido ao ouvir as estantes caindo, com livros voando para todos os lados, enquanto os ogros destruíam a minha biblioteca maravilhosa. Quando eu finalmente deixei a gaiola cair, pude ouvi-la voando pelo ar, com um leve retinir de metal ao meu redor, seguido de um grande estrondo quando Yipes atingiu o chão de terra e a corrente retiniu detrás da gaiola, como um sino de jantar.

— Parem! — Grindall berrou.

Eu já estava descendo pela escada, fugindo silenciosamente com Murphy sobre o meu ombro. O barulho dos ogros andando acima de nós era como um terrível céu trovejante, e o peso deles era quase que grande demais para o velho piso de madeira da biblioteca.

— Parem de andar, seus imbecis! — Grindall disse. — Eu ouvi alguma coisa.

Tudo tinha ficado silencioso lá em cima quando eu cheguei ao fundo da escada e segurei o lampião sobre a gaiola. Yipes ainda estava trancado lá dentro, apesar da gaiola estar completamente amassada num dos cantos.

— Isso doeu — Yipes murmurou.

— *Shhhhhh!* — Murphy retrucou, e nós três permanecemos sentados, emitindo apenas o som de nossa respiração.

— De volta ao trabalho, vocês todos! Continuem procurando — Grindall tinha se cansado de escutar, e os ogros estavam destruindo as estantes novamente.

— É melhor a gente seguir em frente — Murphy concluiu.

Eu coloquei o lampião sobre a gaiola e segurei a corrente, arrastando Yipes pelo chão. Era um trabalho duro e extremamente lento, mas não demorou muito para que o som da destruição da biblioteca se tornasse apenas um sussurro vindo de algum lugar atrás de nós.

— Você é pesado, para um homem tão pequenininho — afirmei, ofegando ao parar para descansar. Yipes tinha colocado os dedos através das grades para segurar o lampião e evitar que ele caísse. Eu percebi então que Murphy estivera fazendo o possível para empurrar a gaiola pela parte de trás.

— Obrigada pela ajuda, Murphy — agradeci. Era improvável que ele estivesse realmente contribuindo com alguma coisa, mas eu tinha que louvar o seu esforço.

— Vocês me salvaram — Yipes afirmou, com os olhos cheios de lágrimas. Ele estava olhando para frente e para trás, alternando entre mim e Murphy.

— Não foi nada demais — Murphy comentou. — E nós nos divertimos muito fazendo o resgate.

Sorri e me permiti um momento de paz sabendo que Yipes, mesmo trancado numa gaiola da qual eu não podia tirá-lo, estava a salvo e de bom humor. Meus dedos eram pequenos o bastante para que pudessem facilmente passar pelas grades da gaiola, e então eu os coloquei para dentro. Yipes os tocou com seus dedos minúsculos, e nós dois soubemos que aquele gesto era realmente, pelo menos por enquanto, o mais próximo que poderíamos chegar de um abraço de boas-vindas.

— Nós temos que sair daqui o mais rápido possível — eu afirmei. — Temo que Grindall não desistirá até encontrar este lugar.

No que segurei a corrente e comecei a puxar outra vez, algo me ocorreu; mesmo que eu pudesse arrastar Yipes até a escada que levava à saída, eu não seria capaz de subir com ele até o lado de fora do túnel. Aquele estava realmente começando a parecer um dia típico; Yipes numa gaiola, a biblioteca destruída, o destino desconhecido de Armon, meu pai e Pervis... E uma longa e dura jornada à minha frente.

CAPÍTULO 12

FUGA DOS TÚNEIS

Eu não passava por este túnel há muito tempo, e tinha me esquecido de como o percurso era difícil. O primeiro trecho longo não era plano, era uma subida, e puxar a gaiola com Yipes dentro era um trabalho muito pesado. Quando eu tinha passado por aqui antes, na minha primeira jornada para além das muralhas, fizera a caminhada inteira em mais ou menos 20 minutos. Nesta noite ela levaria horas, e de qualquer maneira, o máximo que eu chegaria era ao pé de uma escada extremamente alta sem ter como subir com a gaiola.

No topo da escada estaria a porta de madeira por onde Yipes me guiara um dia. Ela estaria em campo aberto, mas longe o bastante de Bridewell para que não fôssemos vistos, desde que chegássemos lá antes do nascer do sol. A partir dali nós teríamos que seguir por dentro da mata cuidadosamente e encontrar o lugar onde o conselho da floresta se reunia, o lugar onde Ander, o urso, tinha feito seu lar. Ele me ajudaria bastante, se eu conseguisse ao menos chegar lá.

Eu me perguntava como Armon, Odessa e Nicolas estariam, mas eu pensava mais ainda no meu pai, esperando que ele e Pervis estivessem seguros em Bridewell. Meu maior medo era que eles ainda estivessem dentro das muralhas, procurando por mim, achando que eu tinha me metido em apuros, colocando assim as próprias vidas em risco, quando na verdade eu já tinha escapado com Yipes. Ainda assim, se eles *tivessem* escapado de Bridewell, era melhor que eles não estivessem comigo. Eu ainda teria muitas trilhas perigosas pela frente, e tinha a terrível sensação de que qualquer pessoa viajando junto comigo estaria colocando a própria vida em perigo.

Uma hora se passou, e depois mais uma. Yipes tagarelava sem parar me fazendo companhia enquanto eu permanecia quieta, economizando minha energia e me concentrando na tarefa de nos levar ao menos até o pé da escada. A imagem dos ogros arrebentando a parede com a porta secreta e nos perseguindo pelos túneis até que fôssemos capturados e levados de volta a Grindall funcionava como uma espécie de incentivo.

— Acho que estamos chegando perto — Murphy comentou. Ele disparou pela escuridão à minha frente, e eu percebi que o lampião não fornecia muita luz. Yipes notou que eu estava olhando para o objeto.

Ele se ajeitou dentro da gaiola e olhou para o lampião.

— Eu reduzi a luz ao mínimo possível, para economizar combustível. Já está quase acabando. — Como se estivesse esperando pela deixa, a luz começou a crepitar e diminuiu ainda mais. Um momento depois e ela se apagou completamente, e nós ficamos na mais absoluta escuridão.

— Sou só eu, ou vocês também perceberam que as coisas estão ficando cada vez mais difíceis? — indaguei.

— Só não vá dar meia-volta e andar na direção contrária — Yipes respondeu. — Se você continuar seguindo reto adiante nós logo chegaremos ao fim.

Murphy voltou para o meu lado e esbarrou no meu pé, me assustando como ele sempre fazia quando estávamos na escuridão.

— Me desculpe por isso — o esquilo disse. — Eu realmente tenho que aprender a lhe avisar que estou chegando.

— Falta muito ainda? — inquiri. Eu estava tão cansada que não tinha certeza se poderia arrastar a gaiola por muito mais tempo.

— É um pouco mais acima, deve levar talvez mais uns cinco minutos se você realmente se esforçar — foi a resposta de Murphy.

Mais cinco minutos arrastando a gaiola na terra soava mais difícil que escalar até o topo do Monte Laythen, mas eu pus a corrente sobre o ombro e comecei a puxar novamente. Todos os meus músculos doíam, e minhas mãos ardiam com bolhas provocadas por estar segurando a corrente áspera por tanto tempo. Tropecei na parede e deixei a corrente cair, peguei-a novamente e continuei avançando pela escuridão. Eu me sentia como se fosse uma sonâmbula, caminhando sem rumo dentro de um pesadelo que jamais terminaria.

Felizmente, apenas alguns minutos depois, minha caminhada pelos túneis chegou ao fim. Larguei a corrente e tateei os bem-vindos degraus da escada e a terra fria das paredes ao seu redor. Eu me sentei e descansei, e lembrei-me de que poderia ter tirado a Jocasta de seu esconderijo e a usado como iluminação.

Decidi tirá-la um pouco e olhar para ela, algo que eu não fazia já há algum tempo.

No momento em que ela ficou exposta, o espaço em que estávamos foi todo iluminado por uma forte luz alaranjada. Era como se houvesse um fogo em minha mão, lançando chamas por todas as paredes. A luz se estendeu tão longe túnel adentro que eu cheguei a me assustar. Era como se a luz fosse feita de uma substância líquida, e se espalhasse feito uma onda por todo o caminho até a biblioteca, até que Grindall a visse vazando pelo contorno da portinhola secreta.

— Essa é uma bela Jocasta — Yipes disse. — Talvez você devesse deixá-la guardada numa escuridão destas.

Eu mexi desajeitada na bolsinha e recoloquei a Jocasta dentro dela, mas deixei o topo aberto. O brilho alaranjado foi contido, e eu podia apontá-lo para onde eu quisesse, de um jeito que eu nunca tinha imaginado. Apontei a luz para o topo da escada, onde ficava o alçapão, e então me levantei.

— Vou deixá-lo aqui e ver se eu consigo buscar ajuda em algum lugar lá em cima — expliquei. — Espero que, desde a última vez que estive aqui, eu tenha crescido o suficiente para levantar o alçapão e sair.

Minhas energias estavam tão completamente sugadas que tive que parar para descansar a cada determinado grupo de degraus, me assegurando de que meus pés estavam firmes à medida que avançava. Quando finalmente cheguei ao topo, peguei a bolsinha pendurada em meu pescoço e puxei. O cordão de couro apertou-se em volta da Jocasta e tudo voltou à escuridão de antes.

— Certo, Alexa — falei em voz alta. — Você consegue fazer isto. Basta dar um grande empurrão.

Murphy tinha escalado comigo, sobre o meu ombro, e então pude ouvi-lo pular e ficar de pé no último degrau da escada. Eu abaixei a cabeça e encostei o ombro no grande alçapão. Então empurrei com toda a minha força.

Ele se moveu; só um pouco no começo. Mas, quando eu vi aquela luz leve penetrando no túnel, empurrei com mais força ainda, até que a abertura fosse grande o suficiente para eu passar. Murphy disparou para o campo aberto e saltou descontroladamente, gritando para que eu continuasse empurrando. Dei um impulso final, e a porta saltou alguns centímetros do meu ombro enquanto eu tentava passar pela abertura.

Eu tinha a esperança de que as coisas não ficariam piores, mas a minha força não foi suficiente para me levar inteira até o lado de fora. O alçapão caiu novamente e aterrissou firmemente sobre minhas costas, me prendendo entre dois mundos. Eu gani mas não gritei, pois o peso da porta não era suficiente para me machucar de verdade. Eu me contorci e tentei me libertar, mas minhas forças tinham realmente chegado ao fim. Com minhas pernas penduradas atrás de mim, eu deitei a cabeça na terra fria, completamente exausta.

— Como vão as coisas aí em cima? — era Yipes gritando de algum lugar lá embaixo, no túnel. — Eu estou vendo um pouco de luz entrando pelo túnel. A alvorada está chegando.

As palavras dele me fizeram voltar à realidade. Eu tentei olhar para trás e ver as muralhas de Bridewell ao longe.

— Murphy, você consegue ver as muralhas? — indaguei.

— Consigo, e há ogros nas torres. Não acho que eles consigam ver tão longe, mas não tenho certeza. Fique parada.

Murphy saiu correndo para as árvores mais próximas, e eu o perdi de vista. A melhor coisa que eu poderia fazer era ficar imóvel, então abaixei novamente a cabeça e torci para que a luz do dia não aparecesse rápido demais. Aproximei minha cabeça da abertura do alçapão e tentei falar com Yipes.

— Estou presa, Yipes, e o sol está nascendo. Eu não sei o que fazer.

— Ah, isso é *muito* ruim — foi a resposta do meu amigo. — Você está machucada?

— Não, na verdade não, mas eu não consigo me libertar.

Houve um longo silêncio lá embaixo, e eu me perguntei o que Yipes estaria pensando. Ouvi algo se movendo na vegetação rasteira perto de algumas árvores do lado de fora, e no momento seguinte, Murphy estava de volta... ele trazia alguém consigo.

— É realmente ela! Eu não posso acreditar — era um coelho, um coelho que eu já conhecia.

— Malcolm, é você? — indaguei.

— Sim, senhora. É um prazer ouvir a sua voz — ele saltitou para frente e para trás sobre minhas costas e então deu a volta e sentou-se diante de mim. — *Hummmmm*. Isto *é* um problema sério, não é? Precisamos de alguém maior para nos ajudar.

— Isso é muito inteligente da sua parte, Malcolm. O alçapão está ficando cada vez mais pesado sobre minhas costas, e está começando a machucar de verdade. Você consegue achar alguém para me socorrer?

Malcolm pareceu avaliar a questão por um momento. Ele era um coelho muito inteligente, mas me preocupava o fato de que pudesse levar muito tempo descobrindo uma forma de me libertar.

Finalmente, os olhos dele se iluminaram.

— Sim! *Há* alguém. Não levarei mais que um momento para buscá-lo. Aguarde aqui, por favor, e eu voltarei.

Malcolm e Murphy dispararam em direção às árvores como dois cachorros felizes perseguindo um graveto.

— Depressa! — eu gritei para eles.

Quando eles retornaram, alguns minutos depois, o sol já nascia rapidamente, e o dia já estava quase completamente claro do lado de fora. Havia três deles, agora. Murphy era o menor, seguido de Malcolm. E meu rosto deve ter revelado o meu desespero ao ver o terceiro.

— Não é grande o suficiente para você? — Malcolm perguntou, com um tom de derrota na voz. Ele tinha encontrado Beaker, o guaxinim que estava diante de mim, balançando-se de um lado para o outro, avaliando a situação. Os três juntos não foram páreos para a porta, que estava começando a ficar bem pesada nas minhas costas.

— O que está acontecendo aí em cima? — Yipes berrou lá de baixo. Malcolm e Beaker se esconderam na vegetação rasteira até que eu disse a eles que era apenas Yipes. Isso pareceu animá-los ainda mais enquanto conversavam entre si, tentando decidir como fariam para me libertar.

— Não vai ter jeito — exclamei. Já amanhecia, e eu continuava presa, minha respiração ficando cada vez mais difícil conforme o peso do alçapão forçava as minhas costas. Eu estava cada vez mais fraca à medida que o dia ficava mais brilhante, e tive certeza de que estávamos a ponto de sermos descobertos.

— Quanto tempo você pretende ficar pendurada aí em cima? — disse uma voz vinda da escada, detrás de mim, e ela assustou tanto a mim quanto aos animais.

Malcolm e Beaker dispararam para todos os lados procurando por um esconderijo, se esbarrando um no outro enquanto corriam em ziguezague, mas Murphy simplesmente ficou ali e disse uma palavra maravilhosa que colocou um sorriso enorme no meu rosto.

— Pervis?

— *O quê?* — exclamei, tentando virar a cabeça para trás, para uma posição em que eu pudesse vê-lo.

— É Pervis Kotcher! — Murphy gritou.

— Você está machucada, Alexa?

Era realmente Pervis, de pé abaixo de mim na escada, empurrando meus pés e minhas pernas para o lado para que pudesse chegar bem perto do alçapão que me prendia firmemente contra o solo.

— Estou *tão* feliz em ver você — respondi. — Como você nos encontrou?

— Não ligue para isso agora. Eu preciso saber: você está ferida?

— Só no meu orgulho — admiti. — Mas este alçapão é bem pesado, e eu não consigo me libertar dele.

Pervis suspirou, aliviado, e então parou por um momento para decidir como ele iria proceder.

— Você me disse que não sairia dos túneis. Viu o que acontece quando você me desobedece?

Houve um silêncio depois disso, e eu achei que ele estava olhando para baixo, tentando descobrir o que iríamos fazer.

— Mas você realmente resgatou Yipes, e eu tenho que admitir que acho isso absolutamente inacreditável. Como você faz tais coisas, Alexa Daley?

Eu gaguejei, tentando pensar no que dizer, mas ele não me deu chance de responder. Em vez disso, ele seguiu adiante com um plano para me libertar do alçapão.

— Vamos ter que nos arriscar e correr para as árvores. Eu empurrarei a porta o suficiente para você sair, e então você correrá com toda a sua força em direção ao bosque. Não olhe para trás até que você esteja escondida em segurança.

— E quanto a você e Yipes? — perguntei, não querendo deixá-los para trás dentro dos túneis.

— Eu não tenho comigo as ferramentas necessárias para libertar Yipes da gaiola — Pervis revelou. — Terei que içá-lo para fora e em seguida carregá-lo para a floresta.

Pervis parou por um momento enquanto Malcolm e Beaker voltaram saltitando até o alçapão e o rodearam, nervosos.

— Você está com a sua luneta, Alexa? — Pervis indagou.

Eu assenti com a cabeça.

— Quando você chegar às árvores, use-a para espiar na direção das muralhas de Bridewell. Eu trarei Yipes para cima e o segurarei aqui até que eu veja Malcolm andando em campo aberto. Esse será o sinal.

— Tudo bem, mas você terá que correr o mais rápido que puder com aquela gaiola. Não acredito que você terá muito tempo para alcançar o bosque.

Pervis assentiu com um gesto e começou a descer a escada.

— Pervis? — eu chamei.

Ele parou e olhou para mim.

— O quê?

— Onde está o meu pai?

Essa era uma pergunta que estivera com medo de fazer.

— Eu não sei, Alexa. Nós nos separamos depois de entrar em Bridewell. Ele estava a caminho da sala de estar enquanto dava a volta no pátio. Quando ouvi a confusão na biblioteca, eu percebi que você tinha usado a porta secreta. Eu achei então que talvez fosse encontrá-la aqui embaixo.

Pervis deu um suspiro profundo e tocou na minha perna.

— Ele sabe tomar conta de si mesmo, Alexa. Agora temos que tirar você e Yipes daqui.

— Antes de irmos, você terá que me prometer uma coisa — eu pedi.

— E o que seria isso?

— Você terá que voltar e encontrá-lo.

Pervis pareceu avaliar o meu pedido antes de responder.

— Tudo bem, eu o farei. Desde que você esteja a salvo nas árvores e longe de Grindall e dos ogros, eu voltarei para buscá-lo.

Eu me senti aliviada; Pervis não só voltaria para encontrar o meu pai, mas também estaria a salvo de seguir pelo perigoso caminho que eu teria pela frente. Ele subiu mais um pouco a escada e colocou o ombro no alçapão.

— Malcolm, você pode ver a torre de guarda? — perguntei.

— Ah, sim, de certo eu posso. Eu como muitas cenouras. Cenouras são boas para a visão, sabia? Eu consigo ver bem longe num dia cla...

— Malcolm! Apenas me diga se a barra está limpa ou não — interrompi.

— Ah, me desculpe, não queria ter me empolgado. — O coelho espiou longamente o alto das muralhas de Bridewell, em seguida virando-se para mim.

— Tudo limpo! — ele gritou.

Eu repassei a mensagem para Pervis, e ele não perdeu tempo em empurrar o alçapão para que eu pudesse me soltar. Foi maravilhoso tirar aquele peso das minhas costas. Rapidamente me libertei; em seguida me abaixei e corri para as árvores o mais rápido que pude. Malcolm, Beaker e Murphy ziguezaguearam na minha frente, movendo-se de arbusto em arbusto.

Quando nós chegamos ao bosque, eu me agachei e tirei a luneta da bolsa, apontando-a para as muralhas de Bridewell. Na torre mais próxima, um ogro olhava na direção das Colinas Sombrias. Enquanto eu vigiava, outro ogro chegou à torre e olhou para o bosque. Fiquei completamente imóvel até que os dois ogros começaram a falar. Então olhei novamente para o alçapão do qual eu tinha sido libertada.

Pervis ainda não tinha voltado, então esperei, sussurrando para as árvores.

— Vocês viram mais alguém por aí? — perguntei a Malcolm e a Beaker.

— Não — Beaker relatou. — Mas Ander tem nos mantido ocupados com a vigilância. Todos nós farejamos alguma coisa podre quando as criaturas invadiram Bridewell. E foi muito estranha a forma como a cidade se esvaziou. Nós ficamos de olho na cidade murada. Parece que é um lugar onde muitas coisas importantes estão acontecendo.

Os animais fizeram uma pausa nervosa, e então Malcolm acrescentou outra informação.

— As coisas na floresta não estão mais como antes, Alexa. As coisas estão... Bem, estão diferentes. Você verá.

Eu perguntei o que ele queria dizer, mas Malcolm não me contou mais nada. Meus pensamentos se voltaram para

Armon, meu pai, Warvold, Nicolas; tudo estava se desfazendo. Aparentemente havia tantas pessoas que eu amava correndo grave perigo que eu me perguntava se as coisas poderiam voltar ao normal algum dia.

O alçapão se levantou só um pouquinho, e então eu soube que Pervis tinha chegado com Yipes ao topo da escada. Espiando pela luneta, vi, com certo alívio, que os dois ogros estavam discutindo, apontando para as Colinas Sombrias e se empurrando mutuamente.

— Vá, Malcolm! Agora!

Malcolm ficou momentaneamente atordoado e disparou em círculos ao redor das árvores. Em seguida ele se reorientou e saltitou rapidamente na direção do alçapão onde Pervis e Yipes estavam escondidos.

O chão se abriu de súbito e a gaiola foi colocada em campo aberto. Então Pervis emergiu e a porta do alçapão desapareceu de vista, caindo de volta ao seu lugar sobre o solo. Pervis pegou a gaiola e começou a correr em campo aberto na direção das árvores, com Malcolm à sua frente. Era uma tarefa e tanto para um homem pequeno como Pervis, mas ele conseguiu abraçar a gaiola e correr bem rápido.

Eu espiei pela luneta novamente e observei que os ogros continuavam olhando para as Colinas Sombrias. Em seguida um deles se virou para o pátio, e o outro desceu pela lateral da torre, de volta a Bridewell. Por fim, o ogro restante se virou, olhou fixamente na minha direção, e depois ficou examinando a floresta à minha direita.

Quando eu abaixei a luneta para ver onde Pervis e Yipes estavam, não consegui localizá-los.

— Onde estão eles? — perguntei.

— Aqui embaixo! — Murphy respondeu. Ele estava correndo pelas árvores até onde Pervis tinha se escondido atrás de pequenos arbustos.

— Bom trabalho, Alexa — Pervis elogiou. Estávamos todos seguros no bosque, e cuidadosamente recuamos mais para dentro da floresta, onde nos sentamos num círculo.

— É bom poder sentar e descansar — eu comentei, completamente exausta.

— Eu mal posso dizer a vocês o quanto gostaria de ficar de pé — Yipes respondeu. — Eles só me deixavam sair para ir ao banheiro, e não faço isso há um bom tempo.

Eu sorri enquanto Pervis levou a gaiola para o meio das árvores, onde os dois iriam tentar descobrir alguma maneira para Yipes se aliviar.

Na luz da manhã, me lembrei de quanto eu amava o som do vento passando entre as árvores. Eu me deitei e fechei os olhos, e fui confortada pelo som de um milhão de pequenas folhas dançando numa manhã de verão.

Conforme o mundo saía completamente do controle ao meu redor, eu caí num sono profundo e sonhei com animais e gigantes. E também ouvi a voz de Elyon vindo no vento.

Lamento, Alexa. A hora do seu pai chegou. Ele deixará o mundo dos vivos antes que o sol nasça mais duas vezes.

Acordei com um grito e descobri que as coisas não estavam como eu as tinha deixado antes de pegar no sono.

PARTE 2

CAPÍTULO 13

A LIÇÃO NA FOLHA

Yipes estava sentado ao meu lado, dentro da gaiola, esfregando a cabeça com uma das mãos. Eu acabei assustando-o quando acordei, e ele pulou, batendo com a cabeça. Precisei de mais um momento para a sonolência passar por completo e eu me lembrar de onde estava.

— Deve ter sido um baita sonho — Yipes comentou.
— Eu não sei bem se vou querer ouvi-lo.
— Onde está todo mundo? — indaguei, assustada ao perceber que só Yipes ainda estava comigo no bosque. Estava mais quente agora, mas as árvores acima produziam muita sombra, e eu não tinha como saber por quanto tempo estive dormindo, ou se tinha mesmo dormido.

— Pervis não quis acordá-la. Ele saiu para encontrar o seu pai.
— E quanto ao resto?
— Eu não sei — Yipes admitiu. — Os animais se espalharam todos, incluindo Murphy, o que me pareceu meio estranho. Acho que eles estão vigiando Grindall, mas eu não consigo entender o que eles falam, então não tenho certeza. Eles estão por aqui, em algum lugar.

Fiquei de pé em meio às arvores e segurei a bolsinha que guardava a Jocasta. Eu queria tirar a pedra dali de dentro e enterrá-la bem fundo no chão, para que eu não tivesse mais que escutar o que ela me dizia.

— Eu não quero mais esta Jocasta terrível! — gritei. — Estou ouvindo coisas que não quero ouvir, coisas que eu espero que não sejam verdadeiras.

Yipes tirou a mão da cabeça e uniu as duas mãos, esfregando os polegares para frente e para trás sobre o colo. Ele estava sentado de pernas cruzadas, mas ainda assim tinha que abaixar a cabeça para caber lá dentro. Eu me levantei novamente e dei as costas para ele. Bem ao longe, através das árvores, eu podia ver as muralhas de Bridewell, frias e solitárias, vazias a não ser por Grindall e seus ogros; e talvez também pelo meu pai, sozinho, procurando por mim em vão.

— Eu costumava amar Bridewell — afirmei, enquanto a brisa do fim da manhã levantava meus cabelos em pequenas ondas. — Quando meu pai e eu íamos lá, quando eu era menor, não havia nada que eu amasse mais que a excitação e os mistérios dos meus verões. Explorar o Alojamento Renny e caminhar por todas as ruas de paralelepípedos, fingindo que eu estava numa missão especial conferida pelo próprio Warvold; alguma tarefa secreta que ele me pedira para cumprir... esses tempos marcaram a minha infância. Eu imaginava que Pervis, Grayson ou Ganesh eram espiões e que eu tinha sido enviada para desmascará-los. Mas havia algo especial naqueles tempos, porque ao mesmo tempo que eu adorava a diversão, não havia nenhum perigo *real*.

Eu fiz uma pausa, assustada com minhas próprias palavras. De alguma forma, dizê-las me deixou ainda mais consciente de que aqueles dias despreocupados tinham acabado, e que tinham sido substituídos por algo quase real *demais*, e perigoso *demais*.

Naquele momento, uma folha desobediente caiu de uma árvore bem acima, esvoaçando pelo ar até aterrissar aos meus pés. Então eu a peguei.

— É verão, Yipes. As folhas não deveriam cair no verão. Esta aqui ficou velha antes do tempo.

Eu levei a folha até a gaiola onde estava Yipes e prendi o caule por entre as grades, de forma que ela ficou de pé, como uma flor.

— Bridewell foi tomada, e a Terra de Elyon está se desfazendo — continuei. — Eu me sinto tão perdida, Yipes. Quero ir para casa e encontrar as coisas como elas costumavam ser. Quero visitar Bridewell e explorar a cidade dentro da segurança das muralhas por quanto tempo tiver vontade. Eu quero que esta aventura acabe.

O vento ficou mais forte e soprou a folha para frente e para trás sobre a gaiola, mas ela não escapou do lugar onde eu a prendi.

— Você está crescendo, Alexa, e eu temo que não exista maneira de fazer o relógio voltar — Yipes me disse gentilmente. — Eu me lembro de que, quando eu era um garoto, tudo que eu queria era crescer e fugir para os campos selvagens. Mas chegou um momento em que desejei poder ser um menino novamente, e que pudesse fazer o mundo voltar para uma época mais simples.

Ele pegou o caule da folha entre o indicador e o polegar e então o girou, olhando-a de uma forma que eu não entendi.

— Nós não podemos voltar atrás, Alexa — ele afirmou. — Não podemos retornar uma vez que começamos a crescer, não podemos fazer o mundo se tornar simples novamente.

Yipes soltou a folha, empurrando-a pelo furo da gaiola. O vento soprou e a levou através do bosque, por onde ela deslizou no solo e sumiu, transportada pela brisa.

— Há algo que *podemos* fazer — meu amigo continuou. — Podemos recuperar este lugar de uma vez por todas; podemos restaurá-lo e fazê-lo ficar como já foi um dia. E então, talvez os lugares do seu passado voltem a ser o que eram antes.

Yipes estava certo. Eu sabia que não podia voltar, e sabia que derrotar o mal terrível que tinha invadido o nosso mundo era algo que dependia inteiramente de mim. Mas por que a morte do meu pai faria parte do plano de Elyon? Eu tentei afastar aquela idéia da cabeça, mas ela não ia embora.

— Uma única folha, caída antes do seu tempo — Yipes falou. — Eu me pergunto o que poderíamos aprender com uma folha como aquela, uma folha que estará sem vida e marrom dentro de um dia ou uma semana, enquanto todas as suas amigas continuam verdes e vivas nas árvores acima.

— Eu não vejo nenhuma lição nisso, Yipes. Eu só vejo nós dois, perdidos e sozinhos, com uma tarefa que vai além da nossa capacidade de cumprir.

Yipes olhou pensativo na direção em que a folha tinha sido soprada. Ele pensou por mais um momento, e então continuou provocando.

— Você não está prestando atenção o suficiente.

Refleti ainda mais sobre a folha que tinha dançado para a própria morte, onde ela se despedaçaria e se decomporia na terra, sem ninguém para se importar com ela ou perceber que ela tinha partido. Eu estava cansada demais para pensar, e tudo que eu realmente queria era ir para casa e dormir por dias e mais dias.

— Eis aqui o que eu penso — Yipes disse, consciente, pela expressão no meu rosto, de que era pouco provável que eu tivesse alguma resposta interessante. — Aquele nada, aquela mínima porção da Terra de Elyon, se foi, mas não está inteiramente esquecida. Elyon teve suas razões para fazê-la cair no nosso colo, assim como ele teve suas razões para mandar a mim e a você nesta jornada. Às vezes nós vemos algo tão comum quanto uma folha que morre e nossos corações se entristecem, mas devemos sempre nos manter fortes e continuar lutando, Alexa. Seja lá o que for que acontecer conosco, nós não seremos esquecidos no fim. Ele *vai* se lembrar de nós.

Eu não conseguiria dizer a Yipes o que eu tinha ouvido há alguns momentos: que o meu pai não viveria por muito mais tempo e que ele iria se juntar àquela folha muito em breve. Mas, ainda assim, as palavras do meu amigo conseguiram me confortar um pouco. Mesmo que essa aventura acabasse tomando a minha vida e a vida do meu pai, nós não seríamos esquecidos ou deixados para trás. De alguma forma eu comecei a ter uma opinião melhor a respeito da folha. Talvez na morte ela encontrasse algo mais do que poderíamos imaginar.

— O que faremos agora? — perguntei a Yipes, achando que eu já tinha passado tempo suficiente ruminando as questões desta vida e da próxima. — Não posso deixá-lo aqui sozinho, mas nós realmente precisamos seguir em frente. Onde raios Murphy se meteu?

— Acho que vamos ter que esperar aqui — disse Yipes. — Pelo menos até que Murphy apareça novamente. Você está com uma cara de quem não dorme há dias, e este é o lugar mais seguro que eu consigo imaginar onde você poderia passar algum tempo recuperando as energias. Aquela soneca que tirou não será suficiente para levar você até a Décima Cidade.

Protestei e discuti por algum tempo, mas eu *estava* terrivelmente cansada. Sentada ali no bosque enquanto o sol do meio-dia ardia acima de nós, eu comecei a me sentir sonolenta.

— Eu vou apenas deitar aqui por um momento — admiti, e me reclinei no chão bem ao lado da gaiola, com a cabeça apoiada na minha bolsa. Nós conversamos mais um pouco no calor suave do dia. Os sons das palavras de Yipes e das árvores balançando acima de nós começaram a se misturar até que eu não consegui mais me manter acordada. E então caí num sono longo e profundo.

— Alexa, acorde.

Eu acordei com um solavanco e um grunhido, com o corpo surpreendentemente dolorido por causa do chão duro sob mim. Ainda estava claro, mas agora havia um frescor no ar ao meu redor.

— *Essa* sim foi uma soneca — comentou Yipes, sorrindo de dentro da pequena gaiola.

Esfreguei os olhos e bocejei, me perguntando quanto tempo do dia eu tinha passado dormindo.

— É quase noite? — perguntei.

— Na verdade, não. É de manhã, Alexa. Eu fiquei o tempo todo achando que você ia acordar, mas a noite de ontem estava morna e você continuou dormindo.

— O quê? — exclamei. — Eu não posso ter dormido o dia e a noite toda, posso?

Yipes sorriu para mim, e eu percebi que realmente *tinha* dormido todo aquele tempo. Eu devia estar ainda mais exausta do que tinha pensado antes de cair no sono.

— Yipes, precisamos seguir em frente — falei, juntando as minhas coisas e me preparando para partir. — Sei que somos só nós dois, mas não podemos mais perder tempo aqui nas árvores. Eu terei que arrastar você até que encontremos o caminho para o conselho da floresta.

— Você tem certeza de que somos só nós dois? — Yipes perguntou.

— O que você quer dizer? Onde está Murphy?

Yipes levou o dedo aos lábios e ficou completamente imóvel. Então ele sussurrou:

— *Ouça.*

Tudo que eu pude ouvir era o balançar das folhas nas árvores. Mas Yipes tinha crescido nestas montanhas. Ele podia sentir a aproximação de pessoas e animais de uma forma extremamente aguçada. O primeiro som discernível que eu pude perceber, além do vento nas árvores, foi bem claro: um ruído agudo e alto ao longe. Olhei para cima.

— Squire! — exclamei. Nós não a víamos há muito tempo, e eu fiquei feliz com sua presença. Ela circulou alto no céu, mas não desceu. O que me fez imaginar o que ela poderia estar vendo lá de cima. Como gostaria de poder ver com os olhos dela e saber todos os segredos da Terra de Elyon tão facilmente.

— Por que ela não desce até nós? — indaguei. — Penso que ela acharia bem interessante vê-lo detrás dessas pequenas grades.

Yipes ouvia atentamente, com a cabeça inclinada para o lado.

— Ela está aqui para nos alertar — meu amigo afirmou. — O perigo se aproxima.

Não era isso que eu estava esperando ouvir. Ser pega sozinha e indefesa com um homem bem pequenininho preso numa gaiola era a pior situação que eu poderia imaginar.

— Eu não posso deixá-lo novamente, Yipes — decidi. Olhei em volta, procurando por um lugar para esconder a gaiola, mas o melhor que pude fazer foi arrastá-la para entre duas árvores que eram juntas na raiz mas que cresciam em troncos separados. Nós nos deitamos na grama enquanto eu espiava pelo V formado onde as duas árvores se encontravam, mantendo a cabeça baixa, para não ser vista.

Nós esperamos e ouvimos com atenção até que eu finalmente comecei a escutar algo vindo ao longe, algo grande. O que quer que fosse, estava se movendo lentamente, pesadamente, quebrando gravetos enquanto avançava. Poderia ser um ogro? Ou talvez fosse Ander, o gigantesco urso pardo, vindo para libertar Yipes da gaiola. Enquanto eu observava o bosque, vi algo inesperado. Era Murphy, saltitando de um lado para o outro, gritando a plenos pulmões por cima do som pesado que vinha de algum lugar detrás dele.

— Alexa? Yipes? — o esquilo chamou. — Onde vocês se meteram? Saiam se puderem me ouvir! — Malcolm veio pulando atrás de Murphy, e os dois circularam e farejaram a área onde estivéramos.

Sussurrei o mais alto que pude:

— *Murphy*, estamos aqui. Por onde você esteve?

Murphy e Malcolm pularam e dispararam em nossa direção. Então o esquilo subiu até o V formado pela união dos troncos, de onde eu vigiava, sentando-se bem diante da minha cara.

— Ah, eu amo surpresas, e você? — ele provocou.

O som pesado da coisa se aproximando ficava cada vez mais perto e mais alto. Eu achei que tinha visto alguma coisa nas árvores vindo em nossa direção.

— Só mais um momento — afirmou Murphy. — E eu tenho certeza de que vocês dois ficarão muito surpresos.

Estava a ponto de dar uma bronca em Murphy por nos deixar pensando no que poderia estar chegando... mas bem naquele momento Armon apareceu, com os ombros enormes bem altos no ar e os braços empurrando galhos de árvores como se fossem palitos de dente. Eu fui completamente tomada de felicidade ao vê-lo.

— Armon! — Corri de detrás das árvores para o espaço aberto do bosque e fiquei diante dele, mas, em vez de me abraçar, ele deu um passo para o lado e eu tive uma surpresa ainda maior. Atrás dele estava Warvold, parecendo muito empolgado em me ver.

Eu corri para Warvold e me atirei nos seus braços. Armon pôs a mão enorme na minha cabeça e espalhou meus cabelos para os lados. Não podia imaginar como, mas tínhamos nos reencontrado afinal.

Quando olhei para trás sobre o ombro, ainda abraçada com Warvold, vi que Armon tinha ido até as árvores onde eu havia me escondido. Ele espiou através do V, pôs o braço inteiro por entre os dois troncos e puxou a gaiola onde estava Yipes. Em seguida, deu dois passos gigantes no bosque e colocou a gaiola entre nós, no pequeno espaço aberto de onde todos podíamos observar. Warvold se ajoelhou ao lado da gaiola e olhou para dentro.

— Achei que nunca o veria novamente — falei para Yipes. — Parece que você se meteu em muitos apuros enquanto eu estive ausente.

Os dois se entreolharam com grande alegria, velhos amigos finalmente reunidos.

— Acho que deixar Yipes na gaiola seria uma atitude bastante sábia — Armon brincou. — Assim seria mais fácil tomar conta dele.

Yipes simplesmente sorriu, dominado pela alegria daquele reencontro.

— Por outro lado, ele pode ser bem útil às vezes. Acho que deveríamos deixá-lo sair — concluiu Armon.

Armon se abaixou e colocou os dedos em alguns dos buracos da pequena grade. Em seguida, sem o menor esforço, ele afastou as mãos e a gaiola se rasgou ao meio como um velho saco de batatas. Yipes saiu da gaiola saltitando.

Ele continuou dando pequenos pulos enquanto percorria o círculo formado por nós, dando tapinhas nos ombros ou recebendo um abraço. Em seguida, a razão para tal comportamento estranho ficou bastante clara quando ele disparou para a floresta, procurando por um lugar que pudesse fazer de banheiro.

— Eu não entendo, Warvold — comentei. — Como você nos encontrou?

Warvold começou a contar a história e em seguida teve que recomeçar quando Yipes retornou (parecendo muito aliviado, diga-se de passagem). Aparentemente, Armon tinha achado que o *Farol de Warwick* poderia ter dado a volta até Lathbury enquanto estávamos ocupados resgatando Yipes. E, assim, depois de escapar do enxame negro, ele passou as horas noturnas correndo até os penhascos, exatamente até o local onde tínhamos deixado Renny. Ele desceu corda abaixo, atravessando o nevoeiro e vigiando as águas em busca do *Farol de Warwick* pelo dia e pela noite que se seguiram. Finalmente, há algumas horas, o navio surgiu no horizonte, depois que os ventos o teriam carregado pelas regiões mais distantes da Terra de Elyon enquanto eu dormia. A única parada feita pelo navio fora em Castalia, onde Balmoral voltou para o seu povo.

— Foi difícil deixá-lo ficar, mas eles precisavam dele por lá, e eu não poderia correr o risco de perdê-lo nos dias que virão — Warvold explicou. — Castalia precisa ser reconstruída, e Balmoral precisa liderá-los. Ele está no lugar onde deveria estar, assim como o resto de nós.

Para terminar a história, Warvold contou sobre a experiência de cavalgar nas costas de um gigante através da neblina da manhã, de como Armon tinha sido incansável em seu esforço de chegar até o conselho da floresta, e de como aquela tinha sido uma aventura maravilhosa.

— Ele é uma criatura absolutamente incrível — Warvold declarou, olhando para Armon com grande alegria. — Nós nos deparamos com você aqui enquanto seguíamos nosso caminho. Agora que estamos chegando perto do fim, nós estamos juntos novamente, assim como deveria ser.

Yipes estava livre. Armon e Warvold estavam comigo e com Murphy novamente. Eu senti uma súbita onda de confiança de que nós teríamos sucesso em nossa tarefa. E então percebi que Murphy estava olhando ao redor, confuso diante dos muitos rostos.

— Onde está Odessa? — indagou o esquilo.

CAPÍTULO 14
A FLORESTA FENWICK

Eu garanti a todos que o lugar mais provável de reencontrarmos Odessa seria no conselho da floresta. Fora lá que eu a havia encontrado pela primeira vez com seu filho Sherwin, e era ali que nós esperávamos encontrar ajuda em nossa missão de atravessar a floresta a caminho da Décima Cidade.

A pedido de Armon e Warvold, nós seguimos para uma parte mais profunda da floresta, para longe de Bridewell. Conforme nos aproximamos da estrada que ligava Turlock a Bridewell, começamos a encontrar as pedras que formavam as muralhas que a ladeavam. Grandes blocos quadrados cercados por ervas daninhas e vegetação rasteira. Era um mar formado pelos destroços da muralha, espalhado por entre as árvores e envelhecendo como se aquelas rochas estivessem ali desde sempre. Eu tive uma vontade súbita de dar meia-volta e correr para casa, em Lathbury, de me deitar na minha cama, na privacidade do meu próprio quarto e dormir o dia inteiro, sozinha.

— Esta estrada está sendo vigiada — Warvold nos avisou. — Nós precisamos ser muito cuidadosos ao atravessá-la para chegar à Floresta Fenwick. É difícil dizer o que nos aguarda na escuridão da mata.

Mandamos Murphy e Malcolm na frente para fazer o reconhecimento da área enquanto o resto de nós esperava e sussurrava entre as pedras e as árvores.

Eu murmurei para Armon:

— Estou tão feliz que você esteja bem. Como você conseguiu escapar dos morcegos?

O meu amigo sorriu e se abaixou, para ficar bem perto de mim.

— Um gigante consegue ser mais veloz do que você imagina quando está a pé — Armon afirmou. — E eu tenho alguns esconderijos particulares para ocasiões como essa.

O sol subiu no céu, trazendo consigo o calor do fim da manhã. Fiquei assustada ao pensar que o dia estava se esvaindo, levando junto a vida do meu pai. Eu me voltei na direção de Bridewell e vi Warvold se agachando na terra, olhando para mim como se soubesse que eu estava aflita com alguma coisa.

— O que lhe preocupa, Alexa?

— As situações estão cada vez mais perigosas — respondi. — Temo que algo terrível acontecerá em breve, e fico assustada só de pensar nisso.

Warvold assentiu com a cabeça, e seus olhos ficaram fora de foco, como se ele estivesse perdido em uma lembrança distante.

— Eu tive a mesma sensação que você — ele me revelou. — Quando deixamos Balmoral em Castalia, eu contei a ele dos meus temores, curioso em relação ao que ele me responderia. Ele me disse que quando você passa a vida inteira num tempo de crise, como ele, escravizado por um homem maléfico, vendo seus amigos e família ruindo bem à sua frente — Warvold fez uma pausa, dominado pela raiva e pela tristeza. — Quando você vive uma vida como essa — ele continuou — nada mais parece ser perigoso. Tudo isso simplesmente passa a ser normal, como se todos os dias trouxessem dificuldades, e pensar que as coisas poderiam ser diferentes parece um mero exercício de tolice.

— Deve ser uma maneira muito sombria de se viver, sem jamais a esperança de ver o mundo livre de coisas como Grindall e os ogros — comentei.

Warvold sorriu para mim, e sua raiva em relação ao passado estava diminuindo.

— Balmoral ainda me disse mais uma coisa antes de desaparecer nas névoas em Castalia. Ele me disse que o mundo está cheio de perigos e cheio de histórias. E então ele me perguntou que tipo de histórias nós poderíamos contar se não houvesse nada pelo qual as pessoas boas pudessem lutar. — Warvold tocou o meu ombro e olhou fundo nos meus olhos. — Eu acho que somos destinados a lutar a boa luta, e creio que somos pessoas melhores ao lutá-la.

Eu nunca tinha pensado nas coisas daquela maneira, mas suponho que Balmoral e Warvold tivessem razão. Se o meu pai tivesse que morrer para libertar a Terra de Elyon dos males de Abaddon, pelo menos ele morreria tentando preservar Bridewell e o seu povo. A história dele seria uma boa história, relembrada e comentada por todos.

— Podemos atravessar agora — disse Murphy, voltando da verificação que fora fazer da estrada. Ele estava se remexendo sobre a pedra atrás da qual eu me escondia. Quando eu me levantei para seguir em frente, ele saltou para a minha mochila e se segurou no couro com as pequenas garras.

— Ah, não, você não vai aí — Warvold afirmou. — Precisamos que você vá na frente e vigie, em busca de qualquer coisa fora do comum. Um farfalhar nos arbustos, um odor estranho... se perceber a menor estranheza, você precisa nos avisar.

Murphy saltou para o chão imediatamente e disparou de volta para a estrada, atravessando-a e desaparecendo em seguida em meio às árvores do outro lado.

— Lá vamos nós então — Warvold anunciou. — Atravessando a estrada rapidamente!

Armon foi primeiro e em três passos gigantes chegou ao lado oposto, antes mesmo que o resto de nós tivesse começado a andar. Warvold o seguiu, depois foi Yipes e finalmente eu. Corremos através da estrada o mais rápido que pudemos, entrando na densa floresta que havia do outro lado, com Armon abrindo caminho diante de nós conforme ele avançava. Não havia sinal de Squire, que tinha sumido novamente por lugares fora do meu alcance de visão.

Alguma coisa estava diferente na floresta, de acordo com minhas lembranças. Antes, quando eu tinha vindo visitar o conselho, ela tinha parecido selvagem e indomada, mas de alguma forma ainda era amistosa e convidativa. Hoje eu senti medo da floresta. Ela estava mais escura do que eu me lembrava, mais proibitiva. Teria alguma coisa mudado neste lugar no curto período de tempo em que estive ausente?

— Mais devagar, Armon — Yipes pediu. — Você vai fazer com que a gente se perca.

Armon parou e olhou para trás, esperando que o resto do grupo chegasse aos pés dele. Não importava quantas vezes eu ficasse ao pé deste gigante, sempre ficava novamente maravilhada com a sua grandeza, com sua presença dominadora. À medida que eu segui para debaixo dele e dobrei meu pescoço para olhar no seu rosto, o medo que eu senti da Floresta Fenwick começou a se esvair.

— Costumava haver uma trilha perto daqui — Yipes afirmou. — Parece que a vegetação cresceu sobre ela. Este lugar está diferente, mais selvagem do que da última vez que passei por aqui.

Warvold concordou com um movimento da cabeça e então sussurrou:

— *Abaddon*.

— O que você quer dizer? — indagou Armon.

Warvold olhou ao redor da gente, em todas as direções, e apertou os olhos para espiar as árvores. Ele continuou:

— Há muito tempo atrás, eu viajei com um amigo meu através do Campo Furtivo, seguindo pelo interior da Floresta Fenwick. Ele era um grande explorador por méritos próprios, e mesmo que nós não tivéssemos conseguido encontrar a Décima Cidade naquele dia, nós dois concordamos que existia alguma outra coisa por perto destas partes. Onde quer que seja o lugar que Abaddon chama de lar, não é muito longe desta floresta.

— Tudo bem, mas por que a súbita mudança na sensação transmitida por este lugar, por que ele ficou mais selvagem? — Yipes inquiriu.

— Abaddon está empregando todos os seus poderes para nos encontrar — Warvold explicou. — Eu acho que ele sabia que nós viríamos para este lado, e então fez com que a nossa jornada ficasse ainda mais traiçoeira. Eu temo que as coisas fiquem cada vez piores conforme avancemos mais e mais para dentro da mata.

Os cabelos do meu pescoço se arrepiaram, e um calafrio desceu pelo meu corpo.

— Quem era o seu amigo, aquele que viajou com você? — indaguei, mesmo que já desconfiasse de qual seria resposta.

— O nome dele era Cabeza de Vaca; um homem muito interessante, viajado e que sempre esteve em busca da Décima Cidade. Ele governa o Reino Ocidental agora, embora eu não o veja há anos.

Cabeza de Vaca. Eu tinha lido o livro dele, foi útil para calcular a distância até o fundo do túnel na minha primeira jornada para além das muralhas. Era reconfortante ouvir seu nome novamente.

— De qualquer maneira, precisamos seguir nosso caminho com muito cuidado — Warvold avisou. — Este lugar não é mais o que já foi um dia, assim como as criaturas que o chamam de lar.

— Eu acho que consigo achar o caminho até o conselho da floresta — Yipes afirmou. — Mas agora me pergunto se deveríamos mesmo ir até lá.

Era um pensamento terrível. Seria possível que Abaddon de alguma forma tivesse virado os animais da floresta contra nós? Se esse fosse o caso, eu certamente não iria querer ficar cara a cara com Ander. Até mesmo Armon teria que travar uma dura batalha ao tentar conter uma criatura tão feroz.

— Eu acho que devemos correr esse risco — Armon disse. — Abaddon pode ter transformado esta floresta num lugar sombrio, mas nós temos que alimentar a esperança de que os animais serão capazes de nos ajudar a encontrar nosso caminho.

Fez-se silêncio no grupo, enquanto escutávamos o vento soprar à nossa volta. Algumas das maiores árvores do lugar grunhiram como se o vento fosse arrancá-las pela raiz.

— Yipes, pule lá em cima, nos ombros de Armon — Warvold instruiu. — Vocês dois podem seguir na frente e nos guiar pelo caminho.

Continuamos a penetrar cada vez mais na floresta e descobrimos que, quanto mais longe chegávamos no interior da mata, mais as árvores gemiam contra o soprar do vento. Os troncos ficavam cada vez mais escuros, os galhos ficavam mais caídos e a nossa passagem era freqüentemente obstruída por muralhas espinhentas de arbustos de amora mortos e grossas vinhas marrons que recobriam o chão da floresta.

— Warvold — chamei, espantada com o que eu estava vendo. — Este lugar está morrendo.

Ele continuou andando sem me responder, e eu senti a tristeza dele diante do estado daquela mata, outrora grandiosa. Uma rajada de vento soprou de algum lugar distante de nós, e ao longe pudemos ouvir um som poderoso de madeira rachando, acompanhado do ruído de uma árvore caindo. As árvores estavam envelhecendo diante dos nossos olhos e, ao olhar para cima, eu percebi que não havia mais folhas nelas, não havia nenhuma folha voando pelo ar, sendo levada pelo vento. Era verão na Terra de Elyon, mas eu via agora que, quanto mais longe nós chegávamos na floresta, mais parecia que o inverno tinha de alguma forma invadido aquele lugar; um inverno sem o frio cortante, mas ainda assim inverno. Tudo estava morto ou pelo menos adormecido.

— Estamos perto — Yipes disse, virando-se para nós de cima dos ombros de Armon. — Só mais um pouco e chegaremos na clareira.

Era impossível avançar em silêncio agora. A cada passo que Armon dava, o chão da floresta estalava com os galhos secos. Se alguém estivesse à nossa espera na clareira, estaria bem ciente da nossa chegada. Armon lutou para abrir caminho com a espada em um emaranhado grosso de arbustos espinhosos, e bem ali, diante de nós, estava o lugar secreto onde eu presenciara o conselho da floresta pela primeira vez.

A grama viçosa e as árvores verdes e douradas extremamente altas não faziam mais parte do lugar. Tudo o que restava eram as pedras sobre as quais os animais se sentavam, cercadas por um mar de matéria morta; havia árvores caídas incrustadas com folhas enrugadas, e a grama tinha se tornado um restolho marrom. No outro extremo da clareira estava uma silhueta grande e solitária, com a cabeça virada para o chão. Era o único animal à vista, e no momento em que emergimos das árvores em direção ao campo aberto, a besta ergueu a cabeça e nos encarou.

— Algo me dizia que vocês voltariam para cá — disse Ander, o urso pardo guardião da floresta, e ele não parecia nem um pouco feliz em nos ver.

Outros animais surgiram e sentaram-se por entre as árvores caídas e pedras antigas. Darius e Sherwin não estavam entre eles, e muitos dos rostos não me eram familiares ou amigáveis. Enquanto esperávamos na penumbra da clareira, Ander disse algo que eu não esperava ouvir dele.

— *Por que vocês fizeram isto à minha floresta?* — Havia raiva nos olhos do urso enquanto ele se erguia, alcançando sua altura máxima, e olhava furiosamente em nossa direção. Ele começou a tremer de ódio enquanto passava os olhos ao redor da clareira. — Respondam-me!

Eu era a única que podia entender aquele comando estrondoso. Todos os outros ouviram apenas um rugido monstruoso como nunca tinham ouvido antes. Eu tivera esperanças de que o conselho da floresta seria um lugar onde poderíamos encontrar a ajuda de amigos. Mas em vez disso, eu fiquei ainda mais assustada e insegura ao chegar lá.

— O que ele está dizendo, Alexa? — Warvold indagou. Eu não tive chance de responder, pois naquele exato momento Ander disparou em nossa direção.

Eu prendi a respiração e tive esperanças de que algum coisa interceptaria o ataque de Ander. Se ele não fosse impedido, se chocaria primeiramente com Armon e os dois fariam um ao outro em pedaços. Como ele poderia pensar que nós tínhamos feito aquilo ao seu lar? Tudo parecia estar se movendo em câmera lenta enquanto Armon se preparava e Ander avançava rapidamente no outro extremo da clareira. Pela primeira vez, até onde eu me lembre, eu propus uma pergunta direta a Elyon, esperando por uma resposta que poderia parar o urso furioso.

O que eu devo fazer, Elyon?

Para a minha surpresa, a resposta veio assim que eu pensei na pergunta.

Fique entre Ander e Armon.

Sem pensar duas vezes, eu corri para frente de Armon e me posicionei entre ele e o urso que se aproximava, certa de que a minha curta vida estava prestes a chegar a um fim rápido e doloroso.

CAPÍTULO 15

A CLAREIRA

Eu me lembro de ouvir a voz de Warvold, gritando para que eu saísse do caminho. Mas permaneci congelada quando Ander chegou a menos de um metro do meu rosto, com os dentes reluzindo contra o sol que atravessava os galhos das árvores nuas. Olhei nos olhos dele, e ele nos meus, e aquele momento final pareceu durar uma eternidade. Pude ver uma tristeza absolutamente terrível em seus olhos, uma infelicidade que somente ele poderia entender, enquanto o mundo que ele chamava de seu morria ao redor dele. Eu tentei transmitir uma mensagem com meus próprios olhos em resposta ao olhar do urso: *Nós não fizemos isto. Nós precisamos da sua ajuda para fazer com que a floresta volte a ser o que era.*

Ander chegou tão perto e com tanta força que nada mais existia na minha cabeça. Nem a floresta, nem os meus amigos, nem o mundo; apenas aqueles olhos tristes e desesperados. Algum tempo depois eu aprenderia que às vezes os ursos pardos disparavam na direção de um intruso só para mudar o curso no último segundo e correr para as árvores, como se aquilo fosse um jogo para descobrir se o intruso daria meia-volta, tentando fugir. Eu não poderia imaginar Ander chegando nem um pouco mais perto do que ele chegou antes de finalmente mudar de direção, com seu gigantesco ombro raspando no meu quando ele desviou. Depois que ele tinha passado, o urso parou mais rápido do que eu poderia imaginar e se levantou sobre as patas traseiras, de costas para Armon e para o resto de nós.

Ander fez um ruído que eu jamais vou esquecer. Era um som de angústia e desespero, um grunhido assombroso que foi capturado pelo vento e transportado pela floresta. Ele estava chorando.

Eu me sentei na grama seca da clareira e observei enquanto Ander ficou de quatro novamente, e então virou-se e parou diante de nós. Os muitos animais que tinham se reunido na clareira estavam se aproximando, agindo como se fossem nos atacar todos juntos a qualquer momento. Texugos, leões da montanha, lobos; criaturas demais para que nós pudéssemos derrotar.

— Deixem-nos em paz — Ander disse aos animais. — Precisamos de um momento para conversar sobre isto antes de continuarmos.

A floresta tinha nos capturado, e não haveria como escapar de todos aqueles animais. Se eles quisessem nos despedaçar, então nós seríamos despedaçados. Quando Ander recuou para o centro da clareira e se sentou, soube que eu teria de convencê-lo de que nós não éramos responsáveis pelo que tinha acontecido ao seu lar. Ou isso, ou jamais veríamos a luz do dia novamente.

— A sua maluquice pode muito bem ter nos salvado — Warvold comentou. Eu olhei para ele e vi uma expressão de grande alívio em seu rosto. — Você terá que falar com ele, Alexa. Ninguém mais aqui pode entendê-lo além de você.

Eu comecei a andar lentamente em direção ao centro da clareira onde o poderoso urso esperava sentado e completamente sozinho. Armon veio até o meu lado, de espada em punho, e acompanhou meu passo lento.

— É melhor você ficar para trás com os outros, Armon — avisei. — Ele não confiará em mim se você estiver ao meu lado, esperando para matá-lo.

Armon se abaixou sobre um dos joelhos e colocou a mão no meu ombro.

— Você tem certeza disso? — ele me perguntou.

— Não, na verdade não tenho nem um pouco de certeza. Mas eu conheço esse urso. A não ser que Abaddon tenha de alguma forma o possuído, como fez com toda a floresta, eu acho que posso falar com ele.

Armon deu um suspiro profundo, ficou de pé e embainhou a espada. Segui sozinha pelo resto do caminho. O estalar da floresta seca jazia aos meus pés enquanto eu avançava, e o ar estava sujo como o ar da estrada para Bridewell em um dia seco.

Ao sentar-me diante de Ander, eu tive uma forte sensação de perda ao olhar para suas velhas garras sujas de terra. Ele era um velho urso, com memórias cheias de coisas com as quais eu poderia apenas sonhar.

— Eu lamento, Ander — comecei. — Mas nós não fizemos isto à sua floresta. Foi outra pessoa.

— Foi mesmo, Alexa?

— Sim, foi. Talvez a gente consiga fazê-la voltar ao que era antes se você nos ajudar a encontrar o nosso caminho.

Ander baixou a cabeça para perto da minha e começou a farejar o ar à minha volta, soprando o meu cabelo para trás quando expirava. Gotículas de água foram aspergidas do focinho dele e atingiram as minhas bochechas. Eu as limpei com as mãos.

— Você tentou nos ajudar uma vez — ele afirmou. — Quando os homens construíram as muralhas que separaram tudo, você tentou nos ajudar.

Eu assenti com a cabeça, sem saber o que dizer.

— Mas foram os homens que construíram as muralhas, para começar, homens que, com todo o seu planejamento e destruição, não pensaram nem um pouco em nós.

Ander olhou para Warvold, do outro lado da clareira, e eu me virei para ver como o meu amigo reagiria. Warvold não poderia saber o que Ander estava dizendo, e ele não estava olhando na nossa direção. Em vez disso, ele estava de pé ao lado de uma árvore caída, correndo os dedos sobre um galho quebrado. Parecia que ele lamentava muito por si mesmo.

— Por que vocês têm sempre que causar tantos problemas? — Ander indagou.

— Eu sou apenas uma criança — respondi, sem saber o que mais poderia oferecer. — Eu não sei o que lhe dizer, sei apenas que lamentamos que a floresta esteja morrendo, e que nós queremos mudar isso.

— Eu me pergunto quanto tempo teria demorado até que vocês viessem aqui e cortassem todas as árvores para construir suas casas e seus prédios — Ander comentou. — Esta floresta foi tomada por um mal terrível, mas acredito que nos anos que estão por vir vocês a teriam tomado de nós de qualquer forma motivados pela ganância.

— Não, Ander! Nós jamais faríamos isso — eu afirmei. — Você precisa acreditar em mim.

Ander olhou para mim, e pela primeira vez eu vi bondade em seus olhos.

— Eu acredito em você, Alexa Daley. Há alguns de vocês que querem aquilo que é melhor para tudo e todos que vivem na Terra de Elyon. Há outros que querem destruí-la — ele olhou novamente para Warvold. — Até mesmo ele queria apenas protegê-la, e não destruí-la, mesmo que tenha nos ferido no processo.

Ficamos sentados sozinhos na clareira por um longo e silencioso momento.

— O que você quer de mim, Alexa? Temo que eu esteja chegando ao fim, sucumbindo junto com esta floresta.

Não havia mais nada que eu pudesse fazer, além de pedir corajosamente pelo que precisávamos.

— Você poderia nos ajudar a encontrar a Décima Cidade, Ander? Não sei bem o que faremos ao chegar lá, mas se conseguirmos encontrá-la, talvez possamos ajudar esta floresta a voltar a ser o que era antes.

Ander estava quieto. Ele permaneceu sentado, pensativo, avaliando o problema e tentando decidir se uma garotinha poderia ser de confiança em relação a uma responsabilidade tão imensa.

— O que é isso que você leva em volta do pescoço? — o urso me indagou.

Eu segurei a pedra na pequena bolsinha de couro antes de falar.

— Esta é a última Jocasta — revelei.

Os olhos de Ander se arregalaram e ele abaixou a cabeça para perto da minha novamente.

— Eu sabia que você tinha uma Jocasta mas não... a última. Deixe-me dar uma olhada nela.

Eu hesitei, e em seguida desatei o cordão da bolsinha de couro e retirei a pedra, segurando-a diante de mim. Ela iluminou a clareira com uma luz alaranjada e dourada, e por um momento o lugar pareceu ganhar vida novamente.

Ander suspirou e olhou ao redor, relembrando de como as coisas tinham sido um dia.

— Eu tenho um segredo para lhe contar, Alexa. Algo que poderá lhe ajudar a encontrar o que você está procurando.

Eu coloquei a Jocasta de volta na bolsinha e esperei que Ander me contasse o segredo.

— Há coisas que alguns de nós animais sabemos que escapam à compreensão humana. Nós nascemos com um certo... conhecimento, conhecimento este que só é útil em tempos como estes — Ander parou por um momento e eu fiquei ouvindo enquanto o silêncio recobria a clareira e todos os animais pareciam se inclinar mais para perto de nós.

— A pedra lhe mostrará o caminho — ele afirmou. — Quando você chegar às névoas do Campo Furtivo, segure a pedra à sua frente. No mesmo lugar onde outros fracassaram no Campo Furtivo, você terá sucesso. Siga para onde ela lhe indicar, e você poderá de fato encontrar a Décima Cidade.

Nós dois sorrimos.

— Se eu puder encontrá-la e derrotar Abaddon, farei tudo que for possível para restaurar este lugar — eu disse.

— Eu sei que você fará, Alexa.

Murphy saiu da clareira e saltou no meu joelho, me olhando preocupado.

— Alguém está vindo, Alexa, os animais estão ficando agitados.

Ouvi atentamente na companhia de Ander e escutei o som fraco de alguém se aproximando pela floresta. Um momento depois, Odessa surgiu na clareira. Fiquei extremamente feliz em vê-la.

— Odessa! — chamei.

Ander farejou o ar, e sua cabeça enorme balançou para um lado e para o outro conforme ele esticava o focinho para cá e para lá. Enquanto eu observava a lenta aproximação de Odessa, dei uma olhada ao redor da clareira, e percebi algo que não era comum. Todos os animais tinham partido, deixando as pedras nuas recobertas de folhas e terra. Apenas Ander restava.

— Há algo de podre no ar — Ander avisou. Eu senti o cheiro também, o odor terrível de carne apodrecida.

Odessa avançou mais alguns passos, e então ouvi o som de seres irrompendo pelas árvores em todas as direções, movendo-se rapidamente. Pude ver suas cabeças subindo e descendo em meio às copas, com seus ombros inchados derrubando galhos enquanto avançavam com seus mantos negros e rostos horrendos.

Os ogros estavam chegando, vindos de todas as direções.

— Odessa, como você foi capaz? — Ander indagou. Ele estava chocado com a visão de tais criaturas, e nós dois soubemos, sem hesitação, que Odessa os tinha trazido a este lugar sagrado, mesmo que eu pudesse compreender aquela situação de forma um pouco mais profunda que o urso. Olhei para trás, em direção aos meus companheiros, e vi que eles também estavam atordoados com aquela virada nos acontecimentos.

Não houve nada que pudéssemos fazer enquanto Grindall surgiu na clareira com um sorriso horrível no rosto e sua risada ameaçadora ecoando pelo bosque, deixando o ar à nossa volta completamente gélido e sombrio.

CAPÍTULO 16

CAPTURADOS

Os ogros estavam espalhados por todos os lados da clareira, e eles tinham uma respiração difícil e úmida. Eu fiquei onde estava, com medo de que o menor movimento fosse o suficiente para enraivecer algum dos ogros. Eles eram criaturas selvagens e imprevisíveis. Tudo neles me deixava nervosa e assustada. Apenas Grindall podia controlá-los, a voz dele era como um feitiço hipnótico do qual os ogros não podiam escapar.

Ander recuou para longe de mim, movendo-se em direção aos ogros, e em seguida deu meia-volta e correu para fora da clareira. Os ogros não se moveram. Eles estavam inteiramente concentrados em manter a mim e a meus companheiros aprisionados.

Armon desembainhou a espada, e o som do metal contra metal retiniu por entre as árvores. Ele parecia feroz o bastante para encarar todos os dez ogros que cercavam a clareira, mas alguns segundos depois que a espada foi empunhada tudo mudou. Um dos ogros agarrou Warvold, outro atacou Yipes e um terceiro colocou a mão no meu ombro e me ergueu no ar antes mesmo que eu pudesse me virar para vê-lo chegar.

— Armon, o gigante — Grindall falou, e a sua voz escorregadia fez com que os ogros se calassem rapidamente. — Depois de tanta procura, você aparece para nós completamente desprotegido nesta floresta apodrecida. Que conveniente!

Grindall olhou em volta, no espaço aberto, e viu que tinha três de seus inimigos capturados com mais sete ogros cercando Armon. O ogro que tinha me levantado se ajoelhou e me colocou diante de Victor, mas a mão gigantesca do monstro continuou a me segurar firme em volta da cintura. Senti o tecido da minha túnica ficar gosmento, frio e liso contra a minha pele. A mão da criatura era como um pano de chão úmido e grosso amarrado com força à minha cintura.

— Parece que eu estou em vantagem agora — Grindall regozijou. — Todos os meus inimigos mais odiados reunidos no mesmo lugar, pegos de surpresa com a nossa chegada. Eu tinha esperanças de ter algo mais desafiador pela frente.

Pude ver que Armon estava tendo dificuldades em baixar a espada. Ele queria desesperadamente proteger os amigos, entretanto ele sabia que com um apertão rápido da mão dos ogros, três de nós estaríamos acabados.

— Armon — eu disse. — Abaixe a espada. Não há nada que você possa fazer agora. Não há nada que nenhum de nós possa fazer.

O gigante hesitou, olhando em volta de si mesmo, e com um enorme suspiro, Armon jogou a espada no centro da clareira, aos pés de Grindall. Victor jogou a cabeça para trás e soltou uma gargalhada malévola. Ele se abaixou e tentou erguer a arma, mas ela era tão grande que ele mal conseguiu tirá-la do chão. Irritado, Grindall gritou para um dos ogros:

— Levante isto, seu idiota! Tire esta coisa do meu caminho.

Um ogro pegou a espada e a atirou na floresta. Ela retiniu ao cair ao pé de um toco de árvore coberto de musgo.

— Bem, onde estávamos mesmo? — Grindall estava se divertindo um pouco demais. — Ah, sim, eu me lembro; eu estava a ponto de mandar Warvold vir até mim para que pudéssemos conversar um pouco.

O ogro que segurava Warvold rapidamente avançou até Grindall. Com braços fortes ele obrigou Warvold a se ajoelhar e então esperou de pé, respirando com dificuldade, a menos de um metro de distância.

— Para trás, criatura imunda! — Grindall gritou. — Não sou capaz de agüentar o seu fedor assim tão de perto.

O ogro recuou e se juntou aos outros que vigiavam Armon.

— Tragam-me os outros — Grindall comandou. — Quero que eles fiquem aos meus pés enquanto eu lhes dou o maior número de más notícias que eu conseguir me lembrar.

A mão molhada do ogro apertou ainda mais a minha cintura, me erguendo no ar. Eu fui jogada de joelhos ao lado de Warvold enquanto Yipes era trazido até mais perto e empurrado para o chão junto de nós. Eu vi Murphy sentado num toco à minha esquerda, livre por enquanto, e tive esperanças de que ele não faria nada estúpido e não se meteria em apuros como o resto de nós.

— Não se preocupe, Alexa — era Warvold, sussurrando para mim.

— Pelo contrário, *pode* se preocupar, Alexa! — rugiu Grindall. — Você fracassou... como eu sabia que faria. Eu capturei todos que tinham o poder de me impedir: Warvold, e Yipes, e os dois mais preciosos de todos, Alexa Daley e Armon, o gigante. De todos os cantos mais distantes do mundo, vocês quatro são os maiores inimigos de Abaddon. Ele deve estar muito satisfeito comigo.

Grindall deu uma risada abafada e então olhou para Armon, cercado pelos ogros. Em seguida ele voltou a olhar para nós três, que estávamos aos seus pés. Odessa caminhou até o vilão e se sentou ao lado dele. Grindall passou os longos dedos nos pêlos da loba.

— Lobos. Simplesmente não se pode confiar neles — ele afirmou. — A não ser que você seja eu. Então eles podem ser muito úteis.

Grindall encarou Warvold com um sorriso peculiar no rosto.

— Veja só o que aconteceu com a sua amada Terra de Elyon. Cardos e espinhos recobrindo toda uma floresta morta. Parece que os poderes que governam não são bem aqueles os quais você proclama.

— Vamos logo com isso, Victor. O que você planeja fazer conosco? Aonde você nos levará? — Warvold inquiriu.

— Indo direto ao ponto, aonde *vocês me* levarão? — Grindall respondeu. Ele olhou para a bolsinha de couro que estava pendurada em meu pescoço.

— Ela só ajudará você a encontrar o lugar que busca se deixá-la pendurada no meu pescoço — eu afirmei, sabendo com total certeza o que ele estava pensando. Victor Grindall tinha passado muito tempo procurando pela última Jocasta, e agora ele queria apenas possuí-la.

— Entendo — Grindall me respondeu. Ele segurou a bolsinha de couro e brincou com ela em suas mãos. — De qualquer forma eu me sentiria muito melhor se pudesse ficar com ela para mim!

Victor puxou a bolsinha e arrancou o cordão de couro por sobre minha cabeça, tirando a Jocasta do meu controle. Em seguida ele abriu a bolsinha e retirou a pedra, que brilhou forte na mão dele. Houve um grande ofegar coletivo na clareira, vindo dos ogros que olhavam fixamente para o tesouro diante deles. Os monstros pareciam ter medo da pedra, como se ela pudesse destruí-los se eles a tocassem.

Eu tinha finalmente perdido o controle sobre a última Jocasta. Estava certa de que a missão também tinha falhado, de que eu estava próxima do fim da minha jornada, e de que ela teria um fim trágico.

— Agora, então — Grindall continuou, recolocando a Jocasta na bolsinha. — Como irei encontrar a Décima Cidade, para que eu possa devolver este tesouro ao seu dono de direito? — A risada dele se espalhou incontida através da clareira, em seguida ficando quieto antes de gritar uma pergunta para mim.

— *Como eu encontro a Décima Cidade?*

Eu estava derrotada, meus amigos tinham sido capturados. Armon estava próximo de um encontro com o enxame negro. Não restava mais nada a ser feito além de dizer a Grindall o que ele queria saber e ter esperanças de que Elyon nos salvasse, de que, de alguma forma ele tivesse uma maneira de evitar que os ogros destruíssem a Décima Cidade e o expulsassem para sempre. Eu implorei mais uma vez a Grindall, apenas para ter certeza de que ele não poderia ser persuadido.

— Se você levar esses ogros para a Décima Cidade, eles irão arruiná-la. Eles irão afastar Elyon para longe deste lugar, e Abaddon o governará completamente. Você tem certeza de que é isso que você quer? Você tem certeza de que se manterá numa posição de poder uma vez que Abaddon estiver livre para governar tudo e todos?

Grindall respondeu sem hesitar.

— Sei exatamente o que estou fazendo, Alexa. Você pode parar de se preocupar com o quão grande e poderoso eu ficarei quando este dia terminar. Existe apenas uma maneira de livrar o mundo de Elyon, que é levar o mal à preciosa Décima Cidade, que ele tanto guarda. É o meu *dever* afastá-lo. Quando eu o fizer, terei poder para queimar.

Ele olhou para mim com tamanha maldade que eu soube ali mesmo, com toda certeza, que ele estava perdido para sempre.

— Vá para o Campo Furtivo — eu revelei. — Quando você chegar lá, tire a Jocasta da bolsa e siga para onde ela o indicar. E então você encontrará a Décima Cidade.

Eu contei. O segredo foi revelado. Havia ainda uma última chance, mas eu não poderia deixá-la transparecer na minha voz. Grindall olhou para baixo, na direção de Warvold, e então se inclinou para trás e o chutou com toda a força. Eu ofeguei ao ver Warvold cair, vendo o sangue espirrar da lateral de sua cabeça.

— Isso é por me fazer andar em círculos por todos esses anos — Grindall afirmou. Então ele olhou para os ogros e lhes ordenou: — Reúnam todos os prisioneiros e segurem-nos firme. Tenho certeza de que eles vão querer vir junto para ver a preciosa Décima Cidade deles chegar ao fim.

Os ogros riram grotescamente, cuspindo e tossindo enquanto faziam como ordenado, até que Grindall ergueu a mão e o silêncio se fez novamente.

— Armon! — ele gritou. — Se você tentar se libertar ou criar qualquer tumulto, trará uma morte rápida para os seus amigos aqui. Se você se desviar até mesmo um metro da sua coleira, Alexa será a primeira a morrer.

O ogro que segurava minha cintura apertou sua mão úmida e poderosa ainda com mais força. Eu gritei de dor.

Armon estava tremendo de raiva. Incapaz de se controlar, ele berrou no ar enquanto Grindall gargalhava sem parar. A floresta gemeu e balançou ao som de tamanha angústia na voz do gigante.

— A partir de agora as coisas vão transcorrer da seguinte maneira — Grindall continuou. — Armon, você ficará atado a um dos meus ogros, e esse ogro será amarrado com uma corda a outro ogro. Se você tentar qualquer coisa estúpida, Alexa morrerá primeiro, e depois

Yipes. Tome cuidado, último gigante. O destino deles encontra-se nas suas mãos — Grindall fez uma pausa, e em seguida acrescentou mais uma ordem, como se tivesse esquecido. — Ah, e mais uma coisa, Armon. Você terá que carregar o velho Warvold até lá, já que ele parece estar incapaz de se locomover. Nós poderíamos deixá-lo aqui para morrer, mas eu acho que prefiro que ele acorde na hora certa para finalmente ver a Décima Cidade com os próprios olhos. E assistir enquanto eu a destruo!

No momento em que Grindall começou a andar para fora da clareira, eu olhei para Warvold deitado ao meu lado. Ele não estava se movendo, e por um momento assustador eu achei que ele estivesse morto. Armon cuidadosamente o ergueu e o envolveu em seus braços enormes. Warvold estremeceu, mas só um pouco. Armon olhou para Warvold com grande amor e compaixão, e enquanto um dos ogros começou a amarrar uma corda grossa em volta do pescoço de Armon, eu fiquei surpresa com a expressão no rosto do gigante. Ele olhou para o ogro não com ódio, mas com tristeza e compreensão.

O começo da tarde já caía sobre a floresta sem vida. Nós começamos a andar em direção ao Campo Furtivo numa longa fila, indo para lugares onde eu nunca tinha estado e de onde eu não tinha a menor esperança de retornar um dia.

CAPÍTULO 17

ATRAVESSANDO O CAMPO FURTIVO

Eu havia me esquecido de como Armon e os ogros podiam caminhar tão rapidamente. Os passos deles eram extremamente longos, o equivalente a três ou quatro de um homem adulto. Quando eles corriam, a velocidade com que eles iam de um lugar para o outro era absolutamente incrível. Estava claro que Grindall queria achar a Décima Cidade o mais rápido possível, antes que qualquer outra coisa pudesse dar errado. Eles tinham improvisado uma espécie de cadeira sustentada por duas varas, a qual era levada por dois ogros. Victor sentou-se nela como um rei, bem alto acima do resto de nós, com Odessa aos seus pés. Parecia ser um veículo desconfortável, e Grindall ocasionalmente gritava com os ogros, mandando que parassem de ser tão desajeitados. Enquanto isso, ele segurava a bolsinha de couro pendurada no pescoço com uma das mãos enquanto acariciava a juba espessa de Odessa com a outra.

Além da pressa de Grindall, havia outro motivo para nos movermos tão velozmente, um motivo que eu não tinha esperado. A clareira na floresta ficava mais próxima do Campo Furtivo do que eu havia imaginado, e depois de termos conseguido atravessar as árvores e arbustos, o Campo Furtivo apareceu como se tivesse se materializado subitamente. A floresta acabou de repente, e nós ficamos surpresos com o que vimos.

Aquele lugar era mítico, um lugar aonde quase ninguém jamais ia, algo que aumentou consideravelmente as minhas expectativas. Eu achei que haveria criaturas fantásticas ou formações rochosas estranhas irrompendo do solo e subindo pelo ar. Eu achei que poderia haver sons que eu nunca tinha ouvido e cheiros que eu nunca tinha sentido, além de todo tipo de maravilhas que eu jamais imaginara.

Mas não havia nenhuma dessas coisas. Um ogro tinha me segurado firme junto ao seu flanco úmido e fedorento, e quando ele parou na borda do Campo Furtivo eu ergui a cabeça e olhei para ver...

Nada. Era a maior quantidade de nada que eu jamais tinha visto na minha vida. Era um lugar plano, marrom e estéril, completamente vazio. E se estendia eternamente. O campo parecia um deserto infinito e lúgubre de terra dura, sem nenhuma colina ou protuberância à vista. E ele era silencioso, tão silencioso que até os ogros prenderam a respiração, ouvindo.

Em algum lugar bem distante, na linha do horizonte, havia uma tonalidade branca. Mas estava tão longe que eu não poderia ter certeza do que existia lá, ou se realmente existia alguma coisa.

Como você pode imaginar, não havia razão para se andar devagar quando não havia nada para se tropeçar ou passar por baixo. Armon e os ogros poderiam ter corrido com os olhos fechados e teriam facilmente dado conta do terreno. Tenho que admitir que fiquei um pouco decepcionada com o lugar. Era bom que não fosse tão perigoso quanto eu imaginava, mas ele precisava ser tão chato e sem vida? Eu nunca havia me sentido tão desesperançosa, pendurada no lado de um ogro fedido, com minhas tripas sendo chacoalhadas, observando a terra morta passando abaixo de mim.

Uma hora depois que a nossa jornada tinha começado, eu ergui a cabeça para ver como Yipes, Armon e Warvold estavam. Eles estavam todos a minha frente, Yipes nas garras de outro ogro e Warvold ainda parecendo sem vida enquanto Armon o carregava através do Campo Furtivo. Eu ouvi um barulho acima e ergui ainda mais a cabeça, chegando a torcer o corpo para ver o que era. Para a minha grande surpresa e empolgação, vi Squire circulando no céu. Eu não a via desde que tínhamos deixado o bosque próximo de Bridewell, e era maravilhoso vê-la e ouvi-la novamente. Teria sido realmente naquela manhã que eu tinha estado do outro lado da estrada para Turlock? As coisas estavam acontecendo numa velocidade tão grande que tive a sensação de que todos os poderes invisíveis à nossa volta estavam seguindo em direção ao próprio fim dos tempos, querendo acabar logo com as coisas.

Eu ouvi Squire guinchando no céu mais uma vez. Infelizmente, não fui a única.

— É aquele pássaro maldito — Grindall exclamou. — Parem!

O grupo inteiro parou no meio do Campo Furtivo. Eu olhei em volta, para todas as direções. Era incrível como ele era vazio, mas o branco ao fundo, na direção para onde íamos, estava mais perto agora, e eu comecei a achar que se parecia com nuvens.

Grindall tirou um arco do lado da cadeira onde estava e o preparou com uma flecha.

— Desça mais um pouquinho, seu monte sarnento de penas — ele disse enquanto apontava a flecha para o ar, com um dos olhos fechados. Eu olhei novamente para a cadeira onde ele estava sentado. Havia um compartimento de couro que era usado para guardar o arco e outro que continha uma espada. Um terceiro, longo e redondo, trazia dez ou doze flechas. Enquanto eu olhava para este último, algo estranho aconteceu.

As flechas começaram a se mover, apenas um pouco, mas o suficiente para que eu pudesse ver que havia algo dentro do compartimento de couro. Um momento depois, a cabeça de Murphy surgiu, e ele olhou direto para mim. Eu oguei involuntariamente... o que fez Grindall apontar a flecha na minha direção.

— O que houve, está com medo que eu derrube a sua amiga do céu? — ele riu e afrouxou a tensão da corda do arco. — Lamento que hoje não será possível. Ela está alto demais, e é lá que ela deve ficar se não quiser ser comida no jantar.

Squire guinchou, protegida pela altitude, enquanto

Grindall guardava o arco e a flecha. Eu olhei mais uma vez para o compartimento para ver Murphy, mas ele não estava mais lá. Eu tive certeza de que ele estava pensando em fazer coisas que não deveria.

— O que vocês estão esperando? — Grindall reclamou. — Está quente, e eu preciso de brisa. Movam-se!

Armon e os ogros começaram a correr novamente e eu observei enquanto Grindall acariciava Odessa. Era uma visão lamentável, vê-lo ali sentado, tratando minha ex-amiga como um animal de estimação de confiança.

Conforme continuamos, eu pensei nas poucas horas que restavam antes de anoitecer. Se Elyon tivesse me dito a verdade, meu pai estaria morto dentro de quatro ou cinco horas. Eu não pude evitar ser completamente dominada pela tristeza.

Meia hora se passou com apenas o som daqueles pés enormes pisando na terra seca. Eu não olhei para cima durante todo esse tempo, e estava começando a cair no sono quando Grindall subitamente falou.

— Parem, seus idiotas!

Enquanto reduzíamos o ritmo até parar, eu ergui o olhar e vi porque Grindall tinha dado aquela ordem.

O branco na distância, o branco que todos nós tínhamos visto, tinha mudado. Ele havia ganhado vida.

Minha respiração ficou presa na garganta ao observar aquela grande massa vindo em nossa direção como uma muralha de ondas brancas, e então tive a certeza de que o fim tinha realmente chegado. Não haveria como ser mais rápido que a fúria que se aproximava de nós, e eu percebi por que tão poucas pessoas tinham entrado no Campo Furtivo e vivido para contar a história.

— Não se preocupem com nada; não é o que parece ser — ouvi um sussurro crepitante. Primeiro eu achei que era a voz de Elyon, mas como isso seria possível, se Grindall estava com a última Jocasta? Olhei na direção da voz e vi Warvold, com a cabeça pendendo do braço de Armon, olhando para mim. Ele tinha acordado. Eu o encarei e sorri, extremamente feliz em ver que ele ainda estava vivo. Tive medo que os outros ouvissem se eu falasse com ele, pois Grindall poderia ficar furioso com a nossa conversa. Warvold continuou me encarando enquanto as ondas brancas se aproximavam, cada vez mais rápido.

— O que está acontecendo? — Grindall berrou. Os ogros estavam agitados, e começaram a recuar. Eu achei que eles poderiam dar meia-volta, e fugir na direção da floresta, o que seria um esforço inútil.

— Fiquem onde estão! — Grindall comandou. — Não há como escapar dessa coisa, seja lá o que for. Se for para ela nos pegar, então assim será.

Continuei olhando para Warvold, observando-o na esperança de que ele não adormecesse novamente. Por mais que confiasse nele, eu estava aterrorizada com as ondas brancas que avançavam em nossa direção.

— Teria você me enganado uma última vez, Warvold? — Grindall continuou. — Você realmente poderia provocar a morte de todos nós apenas para ver a minha destruição?

— Há algo que eu preciso lhe dizer, Alexa — Warvold sussurrou. Sua voz era como um leve sopro de ar e havia algo nela que me fez ficar pensativa. Com algo tão grande e terrível se aproximando, como eu poderia ouvir uma voz tão baixa? Percebi então que a massa de ondas brancas era tão silenciosa quanto o próprio Campo Furtivo; ela não fazia ruído algum. Ela se aproximava tão silenciosamente quanto uma serpente deslizando no solo, cada vez mais perto. No momento em que Warvold fechou os olhos e perdeu a consciência novamente, as ondas passaram sobre nós.

Se você puder imaginar qual é a sensação de acordar de um sonho e abrir os olhos apenas para ver que o mundo desapareceu, então você pode imaginar algo parecido com a sensação que tivemos quando fomos cobertos por aquelas ondas. Imagine olhar para a sua mão e ser capaz de vê-la apenas se você colocá-la a alguns centímetros do seu rosto. O mundo tinha ficado branco, com uma névoa tão grossa que fez minha respiração ficar mais difícil.

— Que curioso — Grindall comentou.

Eu pude ouvir sua voz, e perceber que ele estava preocupado, mas também feliz por não ter morrido com a massa branca. Ainda assim, o tom de felicidade na voz dele desapareceu um momento depois, quando ele deu ordens para aqueles que o cercavam.

— Armon! Se você está pensando em se aproveitar deste acontecimento para agir, eu recomendaria que mudasse de idéia. Alexa e Yipes ainda estão nas mãos dos meus ogros, e eu odiaria pensar no que poderia acontecer aos seus amigos se você tentasse fazer alguma coisa.

— Estou simplesmente aqui, de pé, como todo mundo — Armon respondeu. — Estou me perguntando o que você pretende fazer, agora que estamos perdidos no Campo Furtivo.

O minuto seguinte foi completamente silencioso a não ser pelos grunhidos e o arrastar de pés dos ogros. Durante esse longo silêncio, aconteceu uma coisa que me reconfortou grandemente, algo maravilhoso no meio daquela situação terrível. Em meio ao sigilo proporcionado pela névoa, eu senti algo agarrar o meu pé, e em seguida se arrastar lentamente pela minha perna até alcançar o ponto em volta da minha cintura onde o ogro estava me segurando. Houve um pequeno ruído, e então o que quer que estivesse ali parou no meu ombro, se segurando firme com as garras para não cair. Era Murphy, que veio para ficar perto de mim agora que não poderia ser visto. Eu me perguntei como ele tinha encontrado o caminho em meio a toda aquela brancura que nos cercava por todos os lados. Talvez ele tenha usado o olfato aguçado ou talvez pudesse simplesmente ver um pouco melhor que eu naquele lugar estranho. Eu só podia ver a minha própria mão se a colocasse bem diante do rosto e, agora, depois que Murphy se meteu entre o meu braço e o meu tórax, eu pude finalmente vê-lo e fiquei feliz. Ele sussurrou no meu ouvido, mas sem a Jocasta eu não podia compreendê-lo. Tudo que ouvi foram os ruídos agradáveis que um esquilo costuma fazer.

— Alexa, você está bem? — Yipes arriscou uma pergunta na névoa.

— Quieto! Todos vocês, parem de falar. Estou tentando pensar — Grindall gritou para o grupo de cima de sua cadeira, agora invisível.

A pedra lhe mostrará o caminho.

Eu pensei novamente no que tinha visto nos penhascos sobre o mar com Armon e Murphy há dois dias. A tempestade estivera agitando as águas abaixo, empurrando o *Farol de Warwick* para longe no mar, e nós testemunhamos o motivo pelo qual Elyon nos tinha mandado até lá. Enquanto estava ali pendurada no flanco do ogro refleti sobre essas coisas, e eu não sabia o que deveria fazer. Tinha criado a situação até aqui... mas agora ela parecia estar fora do meu controle.

Como acabou acontecendo, não importava o que eu pensasse ou dissesse. Enquanto estava ocupada com as idéias na minha cabeça, a névoa começou a brilhar com uma forte luz alaranjada... e naquela luz pude ver o rosto maléfico de Grindall me encarando.

— *Ahhhhhhh* — ele exclamou. — Que perfeitamente maravilhoso! — Victor cacarejou enquanto segurava a Jocasta, em seguida a movendo num círculo em volta de si. A luz alaranjada morreu rapidamente em todas as direções; todas menos uma. Quando Grindall segurava a Jocasta numa determinada posição, o brilho alaranjado disparava da pedra e iluminava uma estreita trilha de luz três metros à nossa frente.

— Vão por ali! Devagar! — Grindall berrou para os ogros que o carregavam. Eles obedeceram, e conforme avançavam, o caminho de luz continuou se estendendo por três metros adiante. Quando Victor movia a luz e a apontava para uma outra direção, o caminho desaparecia e ficávamos perdidos novamente. Como desejei ter a Jocasta de volta e me livrar daquele homem horrível e de seus ogros!

— Para a Décima Cidade, e rápido! — Grindall bradou, com a parte de trás da cabeça delineada pela luz flamejante. Nós estávamos mais uma vez seguindo em frente, mais devagar, dessa vez, passando por um caminho que só se revelava em pequenos trechos.

Eu podia apenas imaginar para onde aquele caminho nos levaria.

CAPÍTULO 18

⊙ CAMINHO ⊙

Grindall e os ogros se lembravam de como era o Campo Furtivo antes da névoa nos encobrir, e Grindall então passou a usar essa lembrança para encorajar os ogros a continuar se movendo rapidamente. É bem verdade que eles só podiam ver poucos metros à frente de si, mas não havia nada além de um terreno plano em todas as direções. Andar mais devagar só iria fazer a noite chegar mais rápido, e quem iria saber se a Jocasta produziria luz suficiente quando a escuridão e o nevoeiro estivessem trabalhando unidos contra nós?

Grindall parecia ficar cada vez mais inquieto conforme avançávamos, gritando ordens sem cessar, segurando a Jocasta diante de si o mais longe que podia, usando-a para iluminar o caminho.

O calor do sol tinha sido bloqueado, e um frescor úmido preenchia a névoa à nossa volta. Murphy tremeu nos meus braços e enfiou o focinho no meu pescoço enquanto seguíamos em frente. Eu me perguntei o que ele poderia estar pensando. No passado, aquela pequena mente ficava em seu estado mais perigoso em situações arriscadas como aquela.

— Estamos perto. Eu posso *senti-la* — Grindall afirmou. Ele ordenou que os ogros parassem e virou na nossa direção, segurando a Jocasta perto do rosto para que todos pudéssemos vê-lo. Ele tinha uma aparência estranha sob aquela mistura de luz e névoa, como se fosse algum espírito maligno enviado para assombrar o Campo Furtivo e viver em nossos pesadelos. Ele segurou a pedra sob o queixo. Fragmentos de luz subiam por seu rosto.

— Armon? — ele chamou.

Houve uma pausa e por um momento pensei que Armon tinha fugido com Warvold e estava se escondendo em algum lugar ao longe. Mas então ele falou, e eu tive que admitir que fiquei feliz em ouvi-lo tão próximo de mim.

— Estou aqui — Armon respondeu.

— Entregue Warvold ao ogro ao qual você está amarrado, tenho uma tarefa para você — foi uma ordem dada com um prazer desanimador. O que quer que Grindall estivesse armando, estava agindo como se estivesse prestes a desfrutar de algo maléfico.

— Mande um dos seus monstros cumprir a sua ordem. Eu não vou soltá-lo.

A luz fraca no rosto de Grindall revelou uma mudança em sua expressão. Ele estava se divertindo com Armon, e sabia quem estava realmente no controle.

— Ogros, dêem uma apertada em Alexa e Yipes, por favor.

Eu senti um braço gigantesco apertando a minha cintura e ouvi o ruído das entranhas líquidas do monstro balançando contra a minha cabeça enquanto ele ria. Eu me senti infectada por aquela criatura, como se eu tivesse ficado perto dele por tanto tempo que jamais conseguiria me livrar daquele fedor ou daquela sensação. Nem Yipes nem eu fizemos barulho por alguns segundos, tentando agüentar o máximo, mas quando senti que as minhas costelas estavam a ponto de se partir, eu deixei escapar um grito pelo ar.

— Tudo bem! Eu vou entregar Warvold e fazer o que você mandar — Armon gritou. — Parem o que vocês estão fazendo com eles!

Eu senti o ogro afrouxar a pressão que fazia ao me segurar. Pude respirar novamente, mas me senti enjoada. Quando eu respirei, ofegante, para recuperar o fôlego, o fedor, aquele horrível fedor úmido, foi um pouco demais para mim e eu acabei vomitando. Não pude de fato ver o que eu tinha feito, mas agora o ogro ria sem parar enquanto o que quer que tivesse saído pela minha boca escorria pela perna dele e apenas colaborava para o fedor de morte ao meu redor.

— Qualquer que seja o ogro que está amarrado a Armon, pegue Warvold com ele — Grindall ordenou. Eu ouvi enquanto o ogro ria e grunhia.

— Você pode segurá-lo — Armon disse, falando com o ogro em meio à névoa espessa. — Mas, se você feri-lo de alguma forma, você terá que se ver comigo. — O ogro ficou quieto, sabendo muito bem que Armon estava a um passo de fazer justiça com as próprias mãos.

— Você está com ele? Você está com Warvold? — Grindall indagou.

O ogro grunhiu e resmungou alguma coisa, e então Grindall disse algo que partiu meu coração.

— Levante-o acima da sua cabeça e atire-o o mais longe que puder. Ele é um peso morto, e não serve mais para nada. Eu não quero que ele veja o lugar que buscou pela vida inteira, mesmo que eu esteja prestes a destruí-lo. Jogue-o!

— NÃO! — gritamos Armon e Yipes ao mesmo tempo. Eu pude perceber que Armon estava balançando os braços, tentando agarrar o ogro. A pressão na minha cintura aumentou novamente e gritei ofegante. Apertei Murphy um pouco mais forte do que deveria e ele se libertou, disparando para o Campo Furtivo, para lugares que eu não podia ver.

— Alexa!

O tempo parou no Campo Furtivo enquanto ouvi a voz de Warvold me chamando, alta e autoritária.

— Há algo que você precisa saber...

Naquele exato momento ouvi o ogro uivar, e mesmo que não pudesse ver a cena, eu soube que Warvold estava voando pelo ar acima de nossas cabeças. Prestei atenção e ouvi o baque quando ele atingiu o solo em algum lugar distante de nós no Campo Furtivo. Chamei por ele, berrando e arranhando o ogro para que ele me soltasse, para que eu pudesse correr rumo ao desconhecido e encontrar Warvold. O ogro riu enquanto eu agitava os braços e pernas tentando me libertar, até que finalmente fiquei pendurada ali, chorando e me sentindo derrotada. Será que um dia eu ouviria o que Warvold queria me contar, ou estaria a voz dele para sempre silenciada?

— É tão bom jogar o lixo fora, vocês não acham? — Grindall comentou.

Eu não era capaz de erguer os olhos para ver seu rosto horrível cercado de luz flamejante naquele mar de névoa. Ele era o homem mais terrível que eu poderia ter imaginado, e o meu único desejo era que ele fosse embora e deixasse a mim e aos meus amigos em paz.

Armon e Yipes estavam em silêncio, num silêncio tão grande que eu me perguntei se eles ainda estariam vivos. Talvez o coração de Armon tivesse por fim se partido por completo, e talvez ele já estivesse farto do nosso mundo; e Yipes, ele era tão pequeno, talvez o ogro que o segurava tivesse apertado um pouco demais e esmigalhado suas entranhas. A única coisa que eu podia ouvir e que me fez perceber que eu mesma não estava morta era a voz sempre presente de Victor Grindall.

— Ogros, estamos muito perto da Décima Cidade. Eu posso *senti-la*. Você pode senti-la, Armon? Você deveria saber. Ela é o seu lar, não é? Você não gostaria de voltar para lá e se livrar de todo esse lixo à sua volta?

Armon não respondeu, tudo que ouvíamos era a respiração pesada dos ogros.

— Responda-me! — Grindall berrou. — Você não quer ir para casa, Armon?

— A Décima Cidade é sua, Victor Grindall. Você conseguiu o que queria. Apenas deixe Yipes e Alexa comigo e termine o que você veio fazer aqui — pelo som da voz dele, estava claro que o espírito de Armon tinha sido despedaçado quando ele teve que entregar o pobre Warvold aos "cuidados" do inimigo.

Grindall gargalhou sem parar. Ele riu tanto que eu achei que ele poderia cair da cadeira.

— Vê-lo derrotado dessa maneira é um prazer que eu não esperava desfrutar. Mas que alegria que isso é! — Grindall convocou seus capangas, orgulhoso. — Adiante, ogros! Adiante, para a Décima Cidade, onde vamos poder provocar a verdadeira destruição.

E então começamos a nos mover novamente, cada passo do ogro era mais um golpe no meu abdômen inchado. Até então eu não tinha percebido o quão dolorida eu estava. Era como se tivesse um enorme e profundo hematoma nas laterais do meu corpo provocado por todos aqueles impactos, e o máximo que eu poderia fazer era segurar o choro.

O próximo evento que contarei aqui é tão terrivelmente assustador que hesito em terminar o que comecei. Eu sabia, quando dei início a este relato, que eu acabaria me encontrando neste ponto, no Campo Furtivo, com as memórias deste lugar ainda frescas e reais. Todas essas coisas aconteceram rapidamente, sem aviso, e uma seguida da outra, de uma forma que os detalhes estão confusos na minha cabeça.

O que mais me recordo é que tudo começou com o som dos morcegos.

CAPÍTULO 19

CHEGANDO AO FIM

— Eu conheço esse som, esse adorável som — Grindall afirmou.

Todos nós ouvimos o barulho se aproximando de algum lugar além do caminho iluminado pela Jocasta. Era o som do enxame negro, o mar de mil morcegos, e ele estava bem na nossa direção.

— Eles encontraram! Os morcegos, eles encontraram a Décima Cidade! Perfeito para mim! — Grindall exclamou. — Agora eu posso adicionar mais um ogro à minha hoste de monstros enquanto invadimos a cidade. Armon, temo que este dia esteja prestes a ficar ainda pior para você.

— Armon, corra! Você *precisa* fugir! — eu berrei. — Não deixe que eles peguem você. Não vale a pena.

Naquele momento ouvi um som estranho, o som de um estalo, úmido e suave.

— Armon, onde está você? — Grindall inquiriu, segurando a Jocasta diante de si para tentar ver mais longe, o que era um esforço inútil, já que até mesmo a luz forte da pedra iluminava apenas três metros à frente dele. Nós podíamos ver Grindall, mas ele não podia ver nenhum de nós, o que nos deixava em uma certa situação de vantagem na qual ele não tinha pensado.

Eu ouvi o estalo suave e úmido novamente, era um som muito estranho, desta vez seguido por um baque no solo.

— Ogros, eu já estou farto desta brincadeira! Apertem Yipes e a garota até a morte. Os morcegos cuidarão de Armon. — As criaturas de asas negras estavam chegando mais perto agora, não muito distantes de Grindall, que estava na frente do nosso grupo. O ogro que me segurava riu terrivelmente e começou a me apertar cada vez mais forte, até que de uma dor intensa eu passei a não sentir mais nada. E então eu ouvi aquele som novamente. *Snap, squish*, e desta vez foi seguido por um grunhido acima de mim. O ogro soltou a minha cintura e caiu no chão.

Eu fiquei caída ao lado dele, respirando, tentando entender o que tinha acontecido. Abracei a minha própria cintura, balançando para frente e para trás, esperando ser atacada em seguida. Senti uma mão gigante no meu ombro, e então o rosto de Armon estava subitamente tão próximo que eu pude ver seus olhos.

— Fique completamente imóvel — ele sussurrou.

— Onde está Yipes? — sussurrei de volta. Armon só teve tempo para dizer mais três palavras, mas foram palavras maravilhosas.

— Ele está livre.

Um calafrio passou pelo meu corpo quando os três estalos que eu ouvi fizeram sentido para mim. Armon tinha esperado tempo bastante para tirar a vida dos ogros aos quais ele estivera amarrado. Com essa tarefa cumprida, ele conseguiu efetuar o mesmo ataque nos ogros que seguravam Yipes e a mim em meio à névoa. Pensando um pouco mais no assunto, eu percebo agora que Armon teve horas no Campo Furtivo para observar os ogros, a posição de cada um deles no grupo e a maneira como eles estavam alinhados. Mesmo quando a névoa nos encobriu, os ogros permaneceram mais ou menos nas mesmas posições enquanto viajávamos. Armon usou desse conhecimento para fazer o que fez. Eu estava novamente espantada com o poder dele.

— Corram, ogros! Corram para a Décima Cidade! Tomem-na e destruam-na! — Grindall berrou, sabendo que as coisas estavam saindo do seu controle. — Sigam o som dos morcegos e corram o mais rápido que vocês puderem!

Vão, eu pensei. *Corram.*

Eu tinha que confiar em Elyon. Eu precisava acreditar que aquilo era o que tinha que acontecer.

Grindall ergueu a Jocasta diante de si, e me esforcei para ver o que aconteceria em seguida. Como eu tinha suspeitado, Murphy tinha bolado planos por conta própria, e ele estava disparando pelo braço de Grindall, em direção à última pedra. Eu não consegui ver o que aconteceu depois disso, mas pude adivinhar pelo tom de voz rasgado de Grindall que Murphy estava atacando a mão dele, a mão que segurava a pedra, a qual voou livre pela névoa até eu a perder de vista, enquanto os ogros continuavam avançando. No momento seguinte havia apenas neblina ao meu redor, com um leve brilho alaranjado em algum lugar do limite do meu campo de visão, e nada além do som de morcegos e ogros e de Victor Grindall gritando enquanto eles corriam para a Décima Cidade.

Só que na verdade, não era a Décima Cidade coisa nenhuma.

Eles continuavam correndo, com Victor Grindall erguido acima dos outros, com os morcegos abrindo o caminho, até que tudo que pudemos ouvir foram os gritos deles ao cair para o lugar ao qual todos eles pertenciam, o lar de Abaddon, o grande desfiladeiro que ficava na beira do mar.

Eu os tinha enganado.

Os gritos pareceram durar para sempre enquanto nós os escutávamos cair, cada vez mais próximos das profundezas. Os morcegos lutaram para voar para fora, mas uma força maior que suas asas os puxava para baixo, de volta para a origem tenebrosa. Os berros daqueles monstros alados foram os primeiros a desaparecer. Em seguida, os gritos dos ogros sumiram. Finalmente, até mesmo a voz terrível de Victor Grindall não podia mais ser ouvida.

O silêncio durou por apenas mais um momento, antes que aquele mundo seco e partido ganhasse vida, de uma forma que minha memória jamais apagará. A terra tremeu violentamente, e um rugido enorme e angustiado subiu do grande poço. Ele ecoou pelo Campo Furtivo, e a força daquela voz foi transportada por um vento trovejante que soprou do lugar mais sombrio da Terra de Elyon.

Abaddon.

Seus mensageiros tinham sido devolvidos a ele. A criatura não tinha mais poder sobre o nosso mundo. O isolamento dele era agora completo.

Elyon tinha vencido.

Um vento quente soprou sobre mim e me jogou de costas no chão, com a poeira grudando nos meus olhos e caindo sobre a minha roupa. Eu abri os olhos com muito esforço e vi que o vento abrasador tinha soprado toda a névoa que cobria a terra e o mar, e fiquei espantada ao perceber que estávamos bem perto da borda dos penhascos. A voz terrível que vinha do poço parou, e o vento incandescente que a acompanhava diminuiu. Naquele momento único, eu vi coisas que tinha apenas imaginado, vi a Terra de Elyon como ela realmente era.

As nuvens que sempre flutuaram sobre a água na borda dos penhascos distantes tinham subido. Elas não mais recobriam tudo que estivesse abaixo. Tinham se erguido até o céu, onde repousavam em grandes blocos. Eu olhei para longe e vi o mar azul reluzente, vasto e belo, finalmente livre da solidão que o assolava. A água, não mais escondida de nós, parecia dançar e cantar. Mas isso era apenas o começo das coisas que eu veria. O resto foi ainda mais surpreendente.

Nós tínhamos chegados na borda do grande desfiladeiro que abrigava Abaddon. Era uma fenda larga e encurvada como uma cobra. No lugar onde a parede do buraco subia, ela criava uma saliência de uns seis a nove metros antes de se encontrar com os penhascos distantes que caíam para o mar. Fora nessa saliência que Armon e eu tínhamos subido após nadar até a costa ao sair do *Farol de Warwick*. Aquele era o grande buraco que nós tínhamos visto, para onde Armon havia sido atraído de alguma maneira quando Abaddon o chamara. Logo, nós não tínhamos visto a Décima Cidade, víramos apenas este lugar horrendo, e ao vê-lo soubemos que teríamos de descobrir uma maneira de trazer Grindall até aqui. O tempo todo, o nosso plano fora guiar Grindall e os ogros até este lugar, na esperança de encontrar alguma forma de fazê-los pensar que aquela seria a Décima Cidade, um jeito de enganá-los para que caíssem no grande fosso.

Havia ainda mais para se ver, e essa última parte era a melhor de todas. Naquele momento, olhando para a cena diante de mim, eu finalmente entendi o quanto Elyon me amava, o quanto amava a todos nós. Pois, veja bem, logo após a borda mais distante do grande desfiladeiro estava a Décima Cidade. Aquele era o único lugar onde a névoa não tinha subido totalmente; ela subiu apenas um pouco, o suficiente para que víssemos as luzes brilhantes de todas as cores que subiam para o céu, além do contorno de grandes edificações douradas. Eu queria que você pudesse ter visto o que vi naquele dia. A Décima Cidade estava posicionada bem na beirada do grande poço, entre as trevas terríveis do buraco e o resto da Terra de Elyon. Todo esse tempo, enquanto eu me perguntava se Elyon tinha nos abandonado ou se realmente existira, ele estivera no meio do caminho entre nós e Abaddon, evitando que a maldade mais tenebrosa saísse e se espalhasse sobre tudo.

Era difícil imaginar por que Elyon tinha decidido usar a mim (uma garotinha magricela de 12 anos, na época que tudo começou) para trazer um fim definitivo a Abaddon, Grindall e aos ogros. Ele também tinha usado o menor homem que eu já conhecera, um esquilo e o último dos gigantes para ajudá-lo a completar seu plano. Fui imediatamente dominada pela gratidão por ter recebido uma missão tão incrível e perigosa. O fato de que ele pudesse me fazer sentir tão importante estava além da minha compreensão.

Depois que as nuvens se ergueram até o céu e a névoa desapareceu, a terra voltou a tremer, ainda mais ferozmente do que antes. O grande poço que ficava junto aos penhascos pareceu se esticar. A borda do penhasco que unia o grande poço à Terra de Elyon ruiu e estremeceu, e então começou a deslizar na direção do mar. Me lembro de Armon ajoelhando-se ao meu lado, segurando o meu ombro com sua enorme mão, enquanto observávamos o penhasco deslizando, levando o poço consigo. Todos os poderes do mal tinham sido retidos naquele único lugar. O Serafim caído Abaddon, Victor Grindall, os últimos ogros, e o enxame negro: todos eles foram capturados e eliminados.

A água ferveu e dançou, tornando-se negra e espumosa, tomando o grande poço e todos que estavam retidos dentro dele. As ondas se chocaram contra as pedras, e um novo penhasco nasceu à beira da Décima Cidade, que se erguia perfeita e brilhante diante do vasto mar.

CAPÍTULO 20

A DÉCIMA CIDADE

Era como se nada mais existisse exceto pela visão do mundo se alterando diante de nossos olhos. Assistir a um penhasco deslizar para dentro do mar e testemunhar a presença da Décima Cidade na borda de tudo tinham sido verdadeiros milagres. Eu jamais me senti tão segura quanto naquele momento, quando eu soube que Elyon sempre estaria lá para me proteger.

Eu não sei quanto tempo tinha se passado, mas finalmente havia acontecido algo que pareceu trazer o grupo de volta à vida. Os ventos quentes desapareceram, e a névoa voltou a cercar a Décima Cidade. Meus primeiros pensamentos foram dedicados a Warvold. Ele estava jogado, sem forças, sozinho em algum lugar atrás de nós, mas então recebemos uma pista de onde ele estaria no momento em que Squire guinchou do ar. Eu olhei para cima e vi que ela estava voando baixo, circulando ao longe. Seus gritos eram como uma canção fúnebre ecoando sobre o Campo Furtivo.

— Eu vou voltar para buscá-lo — Armon anunciou. — Só vai levar um momento, mas acho melhor que eu vá enquanto o resto de vocês me espera aqui.

Enquanto Armon se distanciava de nós, Campo Furtivo adentro, eu peguei a Jocasta na mão, sem saber se ela ainda tinha o mesmo poder. Ela estivera nas mãos de Victor Grindall e quase tinha caído no desfiladeiro; e temi que o tempo em que eu falava com os animais tivesse ficado para trás.

Com o comportamento completamente atípico, Murphy estava não só quieto, mas também imóvel como uma estátua enquanto olhávamos para Odessa, diante de nós.

— O que vamos fazer com ela? — Yipes indagou, olhando para a loba. — Ela nos traiu.

Eu olhei na direção em que Armon tinha partido e pude vê-lo ao longe, ainda se afastando de nós. Ele e eu sabíamos de um segredo que todo o resto ignorava.

— Isso não é bem verdade — eu comentei. — As coisas não são bem o que parecem.

— Isso parece interessante — Yipes disse, com uma expressão esperançosa no rosto. — Diga mais.

— Armon e eu sabíamos do desfiladeiro — expliquei. Elyon me pediu para trazer Grindall e os ogros até aqui, apesar de naquele momento eu não fazer a menor idéia do porquê daquele pedido — eu fiz uma pausa, olhando para Armon novamente. — O plano teria que ser completamente convincente. Se nós contássemos a qualquer outra pessoa haveria uma chance de Grindall saber que estávamos enganando-o. Murphy estava conosco quando vimos a grande fenda, mas nós não contamos nossos planos a Odessa nem mesmo a ele.

— O que você está dizendo? — Yipes estava praticamente saltando de dentro das calças, de tanta expectativa.

— Yipes — eu continuei. — Odessa não nos traiu. Eu pedi a ela que levasse Grindall e os ogros até nós, para tirá-los de Bridewell. Se há alguém que merece um título de herói nessa história, esse alguém é ela.

Murphy estava de volta à vida, guinchando e se remexendo, e então ele saltou para o dorso de Odessa, onde se sentou orgulhoso. Se eu não estivesse tensa pensando em Warvold, poderia ter sorrido naquele momento, pois fui capaz de entender perfeitamente o que Murphy disse. Entendi o alívio sentido por ele. O poder da Jocasta permanecia.

Eu abri os braços e Odessa andou para frente. Abracei seu pescoço imponente, e seu pêlo era como um travesseiro macio contra o meu rosto.

— Obrigada, Odessa. Sem você nós teríamos fracassado.

Eu saí do abraço e encarei os olhos de Odessa, e ela falou comigo com a cabeça um pouco inclinada, emitindo um rosnado baixo.

— Se eu soubesse que Grindall iria me tratar como um animal de estimação, eu poderia não ter concordado — a loba revelou. — Eu cheguei bem perto de morder a mão dele por mais de uma vez hoje. Estou feliz de ter conseguido me segurar até o fim.

Nos sentamos juntos no Campo Furtivo, nós quatro, e todos ficamos em silêncio. Eu, Yipes, Murphy e Odessa; estávamos todos nos perguntando quando Armon voltaria com Warvold. Eu me perguntei se teria sido possível salvá-lo. Tudo aconteceu tão rapidamente, mas, pensando bem, tive certeza de que se Armon tivesse tentado impedir a morte de Warvold, Yipes por sua vez teria morrido, e provavelmente eu também.

— Não havia nada que você ou qualquer outra pessoa pudesse ter feito — Odessa afirmou. — Se Armon tivesse lutado com Grindall, nossa perda teria sido muito maior, e é muito provável que Grindall e os ogros não tivessem levado o fim que levaram.

Yipes assentiu com a cabeça, e eu olhei para trás, sobre o ombro, na direção da Décima Cidade. Ela estava por inteiro encoberta de branco novamente, e a névoa tinha se espalhado até a borda do penhasco, onde ficou pendurada como se fosse um monte de bolotas de algodão ao vento. Remexi a última Jocasta na minha mão e observei enquanto ela pulsava, mais forte e então mais fraca, como se tivesse vida.

Meus pensamentos voltaram-se para Pervis e o meu pai. Torci para que eles estivessem bem, mas eu não tinha como saber.

Os minutos se passaram até que finalmente todos pudemos ver Armon voltando, com um corpo sobre os braços. De longe, ele parecia um pai carregando uma pequena criança adormecida para a cama, para um lugar onde a criança poderia ter sonhos felizes. Porém, quanto mais se aproximava, mais Armon se parecia com o gigante que era, e mais o corpo que ele carregava parecia sem vida, em vez de adormecido.

Nós fomos até ele, incapazes de continuar esperando. Squire tinha pousado no ombro de Armon, onde parecia estar descansando depois de passar um longo dia no céu sem ter onde pousar. Quando finalmente nos encontramos, Armon se ajoelhou diante de nós e segurou Warvold de modo que pudéssemos vê-lo, e foi então que eu presenciei algo que até então nunca havia visto e que também nunca mais iria ver. Eu vi uma lágrima cair do olho de um gigante acompanhada de uma tristeza tão imensamente amarga que o meu coração quase se partiu em dois.

— Desta vez não haverá jeito do nosso velho amigo enganar a morte — Armon disse. — A jornada dele finalmente se concluiu aqui no Campo Furtivo.

Eu toquei o rosto de Warvold e passei a mão pelo pano que cobria o seu braço.

Traga-o para mim.

Era a voz no vento, a voz de Elyon.

Traga Warvold para casa, para onde ele pertence.

Eu ergui a Jocasta diante de mim e percebi que ela ainda poderia nos levar até a Décima Cidade, como Ander dissera que ela faria.

— Nós ainda temos uma última coisa a fazer — eu anunciei. — Temos que encontrar a Décima Cidade.

A declaração pareceu fazer todos retornarem à vida, determinados a levar Warvold para o lugar que ele tinha buscado durante toda a sua vida.

Nós nos levantamos e começamos a nos mover imediatamente, caminhando através do Campo Furtivo seguindo na direção em que tínhamos visto a Décima Cidade dentre as nuvens e a névoa.

— É melhor não contarmos a ninguém que Warvold voltou dos mortos e que nós o encontramos em Castalia

— falei, já pensando nas perguntas que me esperavam em casa. — Há aqueles que dirão que o viram, mas eu não farei isso. Será como se seu espírito tivesse se juntado a nós por uma última vez. Isso tornará a vida e a morte dele ainda mais misteriosas, exatamente da maneira como ele gostaria.

— Isso é o nascimento de uma lenda, Alexa — Yipes concordou. — E não há ninguém que mereça mais isso do que Thomas Warvold.

Não demorou muito para que nós chegássemos à borda da névoa novamente. Eu segurei a Jocasta diante de mim e entrei no nevoeiro. Todos os outros me seguiram de perto. Como eu já esperava, a Jocasta iluminou uma trilha diante de mim, e eu a segui rumo às profundezas daquele lugar secreto. Estávamos mais próximos da Décima Cidade do que qualquer outra pessoa já tinha estado, e a terra sob os meus pés parecia de alguma forma mais sagrada de que a de qualquer outro lugar onde eu já tinha andado antes.

A névoa estava mais escura, e eu percebi, chocada, o que estava provocando aquilo. A noite já caía sobre a Terra de Elyon. Seria realmente verdade que o meu pai não viveria até o fim daquele dia? Teria eu sido capaz de mudar isso? Uma vez que o pensamento veio até mim, não pude mais tirá-lo da cabeça. Continuei guiando o grupo através do caminho pela névoa, com os ombros caídos e um espírito entristecido. Para a minha grande surpresa, quando dei o passo seguinte, o caminho iluminado à minha frente desapareceu por inteiro. Pior ainda, a luz da Jocasta tinha se apagado por completo, e nós ficamos parados na névoa que já escurecia, mais perdidos do que nunca.

Jogue a pedra, Alexa. Você não pode ficar com ela. Chegou a hora de você entregá-la de volta para mim.

Eu tentei olhar para trás e localizar meus amigos na névoa, mas não pude ver nenhum deles. O silêncio ensurdecedor estava de volta, a ausência absoluta de som, e todos pareciam estar segurando a respiração, esperando que eu atendesse à ordem que tinha acabado de receber.

— Eu ouvi a voz dessa vez, Alexa — era Murphy, com a vozinha partindo o silêncio gélido.

— Eu a ouvi também — disse Yipes. — E, melhor ainda, pude ouvir Murphy falando agora. Como vai você, pequeno amigo?

— Quem você está chamando de "pequeno"? — Murphy retrucou. — Estou mais alto que você, sentado aqui sobre o dorso de Odessa.

— Quietos! — Armon ordenou. — Aqui não é lugar para essas bobagens.

Armon não estava bravo, estava apenas maravilhado. Este era o lugar onde ele nascera, um lugar que ele achou que jamais veria novamente. Era um lugar ao qual ele desejou voltar durante toda a sua vida, com uma esperança infinita de que encontraria uma forma de chegar ali outra vez.

— Esta pode ser a última vez em que vamos conversar — falei. Eu estava certa de que todos saberiam que estava falando apenas com Murphy e Odessa. — Sentirei muito a falta de vocês dois. Vocês têm sido os melhores amigos que uma garota poderia desejar.

Odessa se aproximou de mim, com Murphy nas costas, e esfregou sua grande cabeça na lateral do meu corpo. Tudo que ainda tínhamos a dizer foi dito na forma com que eles dois me olharam, de um jeito que só os animais podem fazer.

— Jogue a pedra, Alexa — Murphy disse. — Chegou a hora.

Eu apertei firme a última Jocasta na minha mão e senti a superfície lisa dela com o polegar. Então eu a ergui e a joguei na névoa o mais forte que pude. Todo o nevoeiro à nossa frente foi soprado para longe, e vi algo que me deixou muito feliz.

A Décima Cidade não é um lugar fácil de se descrever, algo que provavelmente se deve ao fato de ela não pertencer a este mundo, não havendo palavras que possam torná-la real. O melhor que eu posso fazer é tentar, e espero que você entenda pelo menos uma coisa: a Décima Cidade é o lugar para onde quero ir quando deixar a Terra de Elyon.

Imagine o caminho mais perfeito com árvores e flores margeando ambos os lados, e sem uma única coisa desprovida de vida por perto. Nenhuma folha encrostada, nenhum galho seco; até mesmo o próprio caminho parece estar vivo com as cores. Pense no lugar mais bonito que você já viu, e então imagine que não há nada morto ou morrendo por lá. Imagine que tudo à vista não está se aproximando da morte à medida que o tempo passa, e sim mais vivo. As árvores, as colinas, os campos; tudo cada vez mais vivo e brilhante diante dos seus olhos. Como eu disse, é algo difícil de se descrever, e eu estou longe de ter feito um bom trabalho. Ainda assim houve coisas que vi e coisas que foram ditas que talvez poderão ajudá-lo a entender um pouco melhor e saber um pouco mais sobre esse lugar.

Este caminho que eu descrevi serpenteava por todos os campos de verde e dourado, ladeado por árvores altas que balançavam com a brisa. Caminhando por essa trilha vinha John Christopher, parecendo tão feliz quanto eu jamais o tinha visto. Quando ele se aproximou, vi que não havia mais um C marcado em sua testa, e que ele estava parecendo mais forte do que eu jamais poderia ter imaginado. Ele estava segurando a última Jocasta. Parando diante de nós, ele falou e sua voz era bem como eu me lembrava.

— É um prazer ver vocês! — ele exclamou. — Eu gostaria de dar mais um passo e abraçar a todos, mas infelizmente só posso vir até aqui.

Ele ergueu a Jocasta diante de si e ela começou a brilhar novamente.

— Obrigado por trazê-la de volta para casa — John continuou. — Um dia todos vocês encontrarão o caminho para cá assim como eu, e terão aventuras que farão tudo que vocês viveram até hoje parecer realmente muito pequeno.

Eu sorri diante desse pensamento. Era um conforto maravilhoso saber que quando a minha vida na Terra de Elyon acabasse eu não estaria perdida, destruída ou esquecida; eu começaria a *verdadeira* aventura.

Armon.

A voz de Elyon veio com clareza.

— Sim? — Armon respondeu com um sussurro. Eu me virei para trás e vi que a cabeça dele estava virada para baixo, com o rosto apontado para o chão, segurando o corpo amarrotado de Warvold.

Você finalmente encontrou o caminho de casa.

Armon lentamente ergueu a cabeça, e eu percebi algo que me deixou ao mesmo tempo triste e feliz. Armon não tinha apenas encontrado o lar perdido, ele estava *voltando para casa*. Ele era o último dos Serafins que tinha se tornado um gigante através dos truques de Abaddon. Eu imaginei que Elyon estivesse sorrindo ao pensar que Armon iria lhe oferecer a companhia que esperou ter por tanto tempo. Armon era uma criatura cujos objetivos eram completamente diferentes dos meus. Ele preenchia uma necessidade profunda que Elyon tinha por ter a companhia de um ser mais parecido com ele mesmo.

Armon hesitou, olhando para Warvold que jazia nos próprios braços. Ele estava pensando a mesma coisa que eu: não seria maravilhoso se ele pudesse carregar o corpo de Warvold até a Décima Cidade? Quando Armon ergueu a cabeça novamente, deixou os olhos pousarem em mim, e retribuiu o meu olhar, como se alguma coisa estivesse a ponto de acontecer e ele não soubesse bem como explicar. E então Elyon disse algo que me tirou completamente o fôlego.

Traga o pai de Alexa com você.

Pensando no assunto novamente, eu me lembro de toda a minha vida passando diante de mim, dos detalhes da minha curta existência correndo pela minha mente em meio a um nevoeiro de pensamentos. Pensei em todas as vezes em que eu me sentara com Warvold e percebi ter por ele sentimentos fortes que eram mais do que simples amizade. Pensei em como nós dois éramos tão parecidos, como ele sempre me tratava como uma filha quando eu ia a Bridewell, como ele parecia sentir mais saudades de mim do que o normal.

Eu também pensei em Renny — a minha mãe — e também naquela que eu pensava ser minha mãe, Laura. Elas eram as mesmas duas irmãs que tinham escapado de Castalia e se escondido na torre do relógio, onde encontraram Armon. E Nicolas; que era meu irmão mais velho com uma diferença de muitos anos. Isso explicava muito sobre os sentimentos que tinha por ele. Eu sempre achara que ele era bonito e maravilhoso, mas nunca sentira aquela paixonite de garota que seria normal. Era tudo muito difícil de imaginar, porém era como se eu tivesse sabido o tempo todo que Warvold era o meu pai, e um fino véu tivesse separado o que pensava ser verdade daquilo que eu podia ver; surpreendentemente, não me senti traída. Senti algo completamente diferente, me sentia completa. Eu me sentia como se pudesse finalmente admitir que, de alguma forma, nunca fui a pessoa que eu achava que era, mas agora que sabia a verdade sobre mim mesma, era como se eu estivesse respirando um novo ar que me preenchia e me fazia sentir plena sob todos os aspectos.

O que eu iria fazer quando chegasse em casa? Como falaria com a minha mãe — minhas duas mães — e com o homem que sempre achei que fosse o meu pai, que, afinal de contas, não tinha morrido? Era tudo muito confuso, e ainda assim eu estava dominada por um sentimento de justiça e coragem que nunca havia sentido antes.

— Não fique brava, Alexa — Armon disse. — Sua mãe e o seu pai tinham que protegê-la, e essa foi a única maneira de fazê-lo. Sem você a Terra de Elyon teria sido perdida.

Ele parecia ser tão perfeito, segurando Warvold nos braços e com uma expressão triste e incerta no rosto. O gigante se ajoelhou diante de mim, e eu dei três passos que me deixaram próxima o suficiente para tocar meu pai. Mesmo depois de ter encontrado a morte, ele tinha um leve sorriso na face. Toquei em seu rosto, com lágrimas escorrendo por minhas bochechas, e então o abracei, sabendo que aquela seria a última e única vez que eu o veria sabendo quem ele realmente era.

— Ele amava você, Alexa — Yipes afirmou.

Olhei para trás na direção do meu amigo, esperando que ele não soubesse daquele segredo, mas na expressão dele eu vi que estava tão chocado e surpreso quanto eu. Tudo aquilo tinha sido mantido em segredo para ele também, e me senti melhor ao saber que ele não tinha escondido aquela informação de mim durante todo aquele tempo.

— Ele nunca se cansava de falar em você. Pensando nisso agora, me parece que eu deveria ter percebido isso sozinho há muito tempo.

— Eu sei o que você quer dizer — respondi. E então me virei para Armon. — Eu não estou brava, Armon. Estou triste por ver você partir, e estou confusa, mas não estou com raiva. Tudo está bem.

Armon descansou Warvold no colo, estendeu a mão livre e me puxou para perto de si.

— Chegou a hora de eu me despedir — ele sussurrou. — Meu tempo aqui se foi — Armon não conseguiu continuar, dominado pela emoção. Olhou para Yipes, Odessa e Murphy por sobre o meu ombro, e em seguida olhou de volta para mim. — Vocês foram o tipo de amigos que eu esperava encontrar. Obrigado pelo que vocês fizeram.

Ele segurou Warvold, se levantou e começou a andar na direção da Décima Cidade. Yipes, Odessa e Murphy vieram até mim e ficamos todos juntos, vendo Armon levar Warvold para casa, para lugares aonde ainda não poderíamos ir. Armon entrou na Décima Cidade e parou ao lado de John Christopher, e quando Armon virou-se, Warvold estava vivo novamente, com os olhos faiscando e olhando direto para mim. Armon o colocou de pé, e os três — Warvold, John Christopher e Armon — sorriram os sorrisos mais maravilhosos que eu já pude ver. Eles estavam em casa, num lugar para onde todos iríamos um dia, e eu sabia que nos veríamos novamente. Sabia que todos nós teríamos aventuras maiores e mais emocionantes juntos quando chegasse a nossa hora de deixar a Terra de Elyon.

A névoa voltou a cobrir a Décima Cidade, lentamente no início, e então subitamente a cidade tinha sumido, e só o que podíamos ver era a brancura à nossa frente.

Abaddon foi derrotado. Chegou a hora de você ir para casa, Alexa Daley.

A névoa parou diante de nós, e ficamos parados no Campo Furtivo enquanto a última coisa que Elyon tinha para nos dizer já havia sido dita. Eu soube sem nem precisar tentar que a minha habilidade de falar com Murphy e Odessa e com todos os animais tinha terminado, e que a voz de Elyon não seria mais audível para mim.

— Acho que somos só nós quatro agora — Yipes comentou, com Murphy dançando, guinchando e se remexendo nas costas de Odessa. Squire gritou no céu acima, e eu entendi o que ela quis dizer.

— Na verdade, cinco — eu disse a Yipes.

Ele olhou para cima, na direção do céu azul límpido, e em seguida voltou a olhar para mim.

— Vamos para casa — o meu amigo disse, e nós quatro começamos a longa caminhada de volta através do Campo Furtivo.

CAPÍTULO 21

A CAMINHO DE CASA

Nós paramos durante a noite e aproveitamos o pouco que tínhamos de comida e conforto, que era realmente bem pouco. Nós contemplamos o céu estrelado, conversando sobre as aventuras que tivemos. Na manhã seguinte, chegamos aos limites da Floresta Fenwick e ficamos aliviados ao ver que ela não estava tão morta quanto da última vez que a tínhamos visto. As coisas estavam vingando, flores e folhas cresciam nas árvores. A floresta estava encontrando o caminho para voltar a ser o que já tinha sido um dia.

Nós seguimos até a clareira, onde todos os animais que eu já conhecia há tanto tempo estavam nos esperando: Beaker, o guaxinim e Henry, o texugo; Picardy, a bela ursa preta, que estava com o companheiro, o qual tinha retornado depois que as muralhas foram derrubadas; Boone, o lince; Raymond, a raposa; Vesper, a marmota; Malcolm, o coelho; todos estavam lá para nos receber uma última vez.

Odessa correu para frente ao ver o parceiro, Darius, e o filho, Sherwin. Era maravilhoso vê-los juntos novamente. Murphy ficou sobre o dorso da loba e disse algumas palavras para Darius, as quais eu tinha certeza que Darius não podia entender, e então Murphy correu até os meus pés, e eu o peguei.

— Será que nós vamos nos ver novamente? — eu indaguei. — Acho que talvez não, mas está tudo bem. Nós tivemos uma boa aventura juntos.

Eu o coloquei no chão novamente, e ele olhou para mim, com as duas patinhas da frente erguidas no ar.

— Vou sentir saudades de você também — falei, certa do que ele tinha me dito.

Finalmente, eu olhei para o outro extremo da clareira e vi Ander. Yipes e eu andamos até ele e ficamos a apenas alguns passos de distância. Ele parecia feliz em nos ver, e aquilo por si só dizia mais do que quaisquer palavras que ele poderia me dar.

Yipes e eu seguimos em frente, com alguns animais nos seguindo por algum tempo, até que chegamos ao limite da floresta. Minha casa ainda ficava a uma longa caminhada de distância por uma estrada poeirenta, mas nós não nos importamos. Nós dois conversamos durante toda a manhã, desfrutando das memórias de Warvold e dos lugares onde havíamos estado juntos.

Depois de uma hora de caminhada, ouvimos cavalos vindo de algum lugar atrás de nós, bem ao longe. Olhando para trás, na direção de Bridewell, pudemos ver alguém vindo em nossa direção com toda velocidade. Não muito tempo depois, vimos que a charrete estava sendo conduzida por James Daley, o homem que eu tinha pensado ser o meu pai durante toda a minha vida. Nicolas estava sentado ao lado dele e Pervis logo atrás, e os três pareciam muito felizes em nos encontrar na estrada para Lathbury.

No momento em que a charrete nos alcançou, James Daley parou os cavalos e saltou para o chão, correndo para me encontrar. Ele se abaixou sobre um joelho e me abraçou, e eu me senti como sempre tinha me sentido ao abraçá-lo. Ele ainda era o meu pai sob muitos aspectos, e eu ainda o amava muito.

— Você me deu um grande susto, Alexa — ele me disse. — Nós estamos tentando encontrar você desde que Grindall e os ogros deixaram Bridewell.

— Nós temos uma bela história para lhes contar — e respondi. — Mas, por enquanto, vocês devem ficar sabendo que Warvold se foi, quero dizer, ele realmente se foi, desta vez — eu fiz uma pausa por um momento, deixando a notícia ser absorvida. Pervis e Nicolas tinham me ouvido dizer aquilo, e ficaram um pouco mais para trás, contemplando a novidade em silêncio.

— Ele disse alguma coisa para você antes de partir? Algo pelo qual você não estava esperando? — papai perguntou.

Eu levei um momento ponderando aquela pergunta, imaginando como deveria respondê-la. Esse homem tinha agido como meu pai sempre que precisei de um protetor. Meu pai verdadeiro sempre tivera afeição por ele, e eu gostava dele também. Não queria ferir seus sentimentos agora, não depois de tudo pelo que ele já tinha passado.

— Eu sei o segredo — eu disse, e então sussurrei: — Nicolas sabe?

Eu não recebi uma resposta; apenas um olhar aflito.

— *Pai* — eu exclamei, e ele sorriu um pouco, com os olhos se iluminando. — Você ainda é o meu pai. Você sempre será.

Era assim que eu realmente me sentia. Warvold não tinha me abandonado. Em vez disso, ele tinha me colocado sob os cuidados deste homem maravilhoso enquanto ficava por perto para se assegurar de que eu estava bem e a salvo. Warvold era o meu pai, assim como era James Daley.

— Ele sabe — papai revelou. — Nicolas sabe.

Eu andei até a charrete e olhei nos olhos de Nicolas.

— Por que você não me contou? — eu indaguei. — Por todos esses anos você nunca revelou nada. Assim vou achar que Thomas Warvold preferia você a mim.

Nicolas desceu da charrete e pôs o braço sobre o meu ombro.

— Nada poderia estar mais distante da verdade — ele afirmou. — Você estava sempre nos pensamentos dele. Ele só falava de você quando estávamos juntos, só nós dois. Ele sabia que tinha feito a coisa certa. Se Victor Grindall tivesse ficado sabendo de você, eu temo que você teria partido há muito tempo. E a Terra de Elyon estaria num estado muito pior do que está agora.

Nós sorrimos um para o outro, e eu fiquei subitamente muito feliz em ter um irmão mais velho. Havia muita coisa sobre o que conversar, mas agora não era a hora para isso. Senti um desejo enorme de ver Catherine e Laura. Com a charrete, poderíamos chegar em casa mais rapidamente.

Sentei junto ao meu pai com Yipes ao meu lado, enquanto Pervis e Nicolas ficaram na parte traseira da charrete.

Houve muitas perguntas e muitos debates no caminho para casa, para Lathbury, e a viagem de uma hora passou muito rapidamente. A ida para casa era estranha de uma certa maneira. Eu estava na mesma estrada onde tudo tinha começado, exceto que não havia mais muralhas, além daquelas em volta de Bridewell, e que nós estávamos indo na direção oposta. Quando a conversa começou a morrer, me virei para o meu pai e fiz um pedido.

— Pai?

— Sim, Alexa.

— Me conte sobre quando as muralhas foram construídas, por favor.

— Aquela velha lenda? Mas você já ouviu isso um milhão de vezes.

Mas ele era um contador de histórias, essa era uma de suas favoritas, e eu amei ouvi-la ainda mais do que qualquer outra vez anterior. Nós chegamos a Lathbury bem quando ele estava terminando, e senti uma tristeza súbita ao perceber que a minha aventura tinha também chegado ao fim. Meu coração doía de saudades de Murphy, Odessa, John Christopher, Armon e Warvold, e eu me perguntava se algum dia iria parar de sentir falta deles.

Nós atravessamos a cidade e paramos bem diante da minha pequena casa. Eu fiquei na charrete por um longo tempo, enquanto todos os outros desceram e ficaram esperando por mim. Então a porta da minha casa se abriu, e duas mulheres saíram. Uma era a minha mãe biológica, a outra, a mãe que tinha me criado. As duas olharam para mim como se não tivessem certeza de como eu me sentia em relação a elas. Aquelas duas irmãs, que tinham guardado o segredo por tanto tempo para poder garantir a minha segurança; agora elas estavam preocupadas com a possibilidade de que eu pudesse não amá-las mais. Às vezes os adultos podem ser bobos a esse ponto.

Eu desci da charrete e corri para elas, abraçando-as e chorando junto com elas até que não restassem mais lágrimas para ninguém. Até mesmo Pervis e Yipes estavam se debulhando de chorar, o que acabou nos fazendo rir um pouco e começar o processo de remendar nossos corações partidos. Eu tive que dizer às duas que Warvold tinha partido, assim como Armon. Mas eu também pude compartilhar com elas aquilo que eu tinha visto na Décima Cidade, como todos nós iríamos para lá um dia, e como nós iríamos nos reencontrar com eles.

Eu fiquei em Lathbury por algum tempo depois disso, e Yipes ficou comigo. Nós tivemos bons momentos, com descanso e comida farta. Nós consertamos livros só por diversão. Eu fiz longas caminhadas pelos penhascos com Catherine e Laura, às vezes as três juntas, outras vezes só com uma delas, e conversamos sobre aquelas coisas que são segredos entre mães e filhas. Era de tirar o fôlego, olhar para o azul brilhante do Mar Solitário onde antes havia apenas nuvens.

Balmoral veio a Lathbury uma semana depois da nossa chegada. Tivemos a alegria e a tristeza de contar a ele tudo o que tinha acontecido. Ele falou do progresso em Castalia e trouxe consigo o corpo de John Christopher. Quando o enterramos perto dos penhascos isso me ajudou a começar a olhar para frente, e não para trás, o que era algo que eu precisava aprender a fazer. Por mais excitante, difícil e memorável que os nossos passados possam ser, chega uma hora em que precisamos seguir adiante com as nossas vidas.

Quase um ano se passou, e Yipes nunca partiu para sua casa nas montanhas. Eu acho que de alguma forma nós ainda precisávamos um do outro mais do que nunca. Ficar separados seria duro demais. E então um dia nós dois nos entreolhamos de uma forma que deixava tudo muito claro.

— Há aventuras para serem vividas lá fora — Yipes disse.

— Eu sei — foi a minha resposta.

— O que você acha de vagar pelo Monte Laythen por um tempo? Você já tem idade o suficiente, sabe. Eles deixarão você ir. Ouvi histórias de um homem estranho que vive por aquelas partes, inventando coisas estranhas.

Eu olhei para Yipes por um longo tempo sem responder, e então disse algo que tinha me assombrado desde que tínhamos voltado para casa.

— Eu me pergunto onde estarão Roland e o *Farol de Warwick*.

Não demorou muito tempo, depois que eu disse tais palavras, para que eu visse o *Farol de Warwick* no horizonte pela luneta da minha mãe. Ele baixou âncora na base dos penhascos, e Roland subiu pela corda que ficava pendurada ali (uma corda, aliás, que tinha sido bem escondida e colocada naquele lugar por James Daley. Ele tinha montado uma manivela que era cercada por pedras altas, uma manivela que Laura tinha usado para içar Catherine do Mar Solitário quando ela voltou para casa).

A cidade inteira recebeu Roland, e Catherine ficou especialmente feliz em ver que ele estava bem. Ele era o irmão de Thomas Warvold, e eu acho que ele soube, antes mesmo que revelássemos, que Thomas havia nos deixado.

— Bem, nós o veremos novamente — Roland afirmou, ainda assim ficando extremamente triste ao receber as notícias. Ele pareceu envelhecer diante dos meus olhos ao pensar que o irmão tinha partido para sempre da Terra de Elyon.

— Onde você esteve tempo esse todo? — eu inquiri.

Roland apenas olhou para o mar com um meio-sorriso no rosto e com o vento da beira dos penhascos dançando em seus cabelos.

— Em casa — ele respondeu. — O lugar onde nasci e onde devo estar.

Thomas e Roland Warvold, os dois maiores aventureiros de nossos tempos. Um por terra e o outro pelo mar; e aquele que pertenceu ao mar ainda está ocupado em suas aventuras.

Roland ficou conosco por algum tempo, e então Yipes e eu começamos a perturbá-lo, perguntando por seus planos. Nós três sentamos nos penhascos sobre o *Farol de Warwick* e falamos do nosso futuro. Então um dia Roland decidiu que chegara a hora de partir. A cidade deu a ele suprimentos suficientes para ficar um tempo muito longo no mar e fez uma grande festa de despedida. A festa não foi só para ele, foi para Yipes e para mim também. Depois de longas conversas com Catherine, Laura e James, eu fui capaz de convencê-los que era isso que eu precisava fazer. Eu já tinha ficado em casa por tempo suficiente.

E é aqui que a história que eu estive lhe contando finalmente chega onde eu estou agora, sentada no convés do *Farol de Warwick*, escrevendo tudo para que eu não me esqueça de nenhum detalhe. Estou acompanhada por Yipes e Roland, e nós estamos no mar em algum lugar bem distante da Terra de Elyon. O ar fresco do mar traz um gosto salgado aos meus lábios e se acumula nos meus cabelos. Ao olhar para qualquer direção, eu não vejo nada além de água azul em toda a parte, e me pergunto se há alguma coisa aqui para ser descoberta. Faço a Roland a mesma pergunta que eu já fiz centenas de vezes.

— Roland, há muita coisa por aqui para descobrir? Aqui no Mar Solitário?

Roland está no leme, parecendo-se muito com o capitão que ele é, me dando a mesma resposta que sempre deu.

— Mais do que você pode imaginar.

Eu realmente me pergunto aonde esta história vai me levar, se sempre haverá outras aventuras nesta vida e como será quando eu retornar à Décima Cidade algum dia num futuro distante. Por agora, estou contente — como você deveria estar — de me sentar no convés de um barco com Yipes ao meu lado, sem saber aonde a história me levará em seguida.

Este livro foi composto na tipologia Classical
Garamond BT em corpo 11/16, e impresso em
papel off-white 80g/m² no Sistema Cameron da
Divisão Gráfica da Distribuidora Record.

Seja um Leitor Preferencial Record
e receba informações sobre nossos lançamentos.
Escreva para
RP Record
Caixa Postal 23.052
Rio de Janeiro, RJ – CEP 20922-970
dando seu nome e endereço
e tenha acesso a nossas ofertas especiais.

Válido somente no Brasil.

Ou visite a nossa *home page*:
http://www.record.com.br